Luzie Bosch

Sunshine Ranch

Ein Fall für Ayla

„Luzie Bosch“ ist das Pseudonym von Gina Mayer, die bereits eine Vielzahl an Romanen für Kinder, Jugendliche und Erwachsene veröffentlicht hat. Ihre Werke wurden u. a. für den Deutsch-Französischen Jugendliteraturpreis und den Hansjörg-Martin-Preis nominiert und mit dem Leipziger Lesekompass ausgezeichnet. Bevor sie mit dem Bücherschreiben begann, studierte sie Grafikdesign und arbeitete als Werbetexterin. Heute lebt Gina Mayer mit ihrer Familie in Düsseldorf.

Luzie Bosch

SUNSHINE
RANCH

Ein Fall für Ayla

Ravensburger Buchverlag

Als Ravensburger Taschenbuch
Band 54457
erschienen 2015

MIX
Aus verantwortungsvollen Quellen
FSC® C114500
FSC
www.fsc.org

Aktionsausgabe

Postfach 1860, 88188 Ravensburg
Umschlaggestaltung: Maria Seidel unter Verwendung eines Fotos
von Thinkstockphoto/Ciaran Griffin

Printed in Germany
ISBN 978-3-473-54457-8

www.ravensburger.de

Inhalt

Lucky

„Da seid ihr ja endlich!“ Juliana erwartete Ayla und Hannah schon am Tor, als die beiden auf die Sunshine Ranch zuradelten. Sie hüpfte aufgeregt von einem Fuß auf den anderen.

„Wieso *endlich?*“ Ayla sprang neben Juliana vom Fahrrad. „Es ist gerade mal halb zehn.“

Aber Juliana beachtete sie gar nicht. Sie drehte sich um und rannte zum Stall. „Das müsst ihr euch ansehen!“, rief sie ihnen über die Schulter zu. „Macht schnell!“

„Was hat sie denn?“, fragte Hannah und schaute Ayla schulterzuckend an. „Sie ist ja vollkommen aus dem Häuschen.“

„Keine Ahnung. Vielleicht sind Nike über Nacht Flügel gewachsen.“

Aber als sie in den Stall kamen, war Juliana nicht bei ihrer Stute. Sie stand ganz hinten vor der Box, die für gewöhnlich leer war. Außer heute.

„Ein neues Pferd?“ Ayla beschleunigte ihre Schritte und übersah dabei einen Zinkeimer am Rand der Stallgasse. Sie trat dagegen und warf ihn um, sodass er scheppernd über den Boden rollte. Sues nervöser Colorado Ranger Dakota warf sofort den Kopf nach oben und wieherte entsetzt. Auch die anderen Pferde schnaubten erschrocken.

„Sei doch still, spinnst du?“, zischte Juliana.

„Sorry, war doch keine Absicht“, murmelte Ayla. Dann schnappte sie nach Luft.

„Ach, du Schande“, flüsterte Hannah.

Der hellbraun gescheckte Hengst, der sich panisch in den hintersten Winkel der Box drängte, sah mitleiderregend aus. Sein magerer Körper war von Narben und Wunden übersät. Ein langer, eitriger Riss zog sich quer über die Kruppe, auf den Flanken zeichneten sich schlecht verheilte Schnitte und Schwellungen ab und auch der Hals war mit entzündeten Wunden bedeckt.

„Wo kommt der denn her?“, fragte Hannah leise.

„Keine Ahnung. Ich bin gerade erst angekommen. Ich wollte Nike auf die Weide bringen, um die Box sauber zu machen, da hab ich ihn gesehen.“

„Ob er Sue gehört? Hat sie in letzter Zeit irgendwas davon gesagt, dass sie ein neues Pferd kaufen wollte?“

„Nicht dass ich wüsste“, sagte Juliana.

„Was ist es denn für eine Rasse?“, fragte Ayla. Ihre Stimme klang heiser. Das malträtierte Pferd tat ihr unsäglich leid.

„Sieht aus wie ein Paint Horse“, erklärte hinter ihnen eine Männerstimme. Stefan Müller, der Verwalter der Sunshine Ranch und Sues Freund, war in den Stall getreten, ohne dass die Freundinnen ihn bemerkt hatten. „Sue hat schon lange davon geträumt, eines zu kaufen.“

Paint Horses, das wusste Ayla, nannte man American Quarter Horses mit gescheckter Fellzeichnung. Der neue Hengst in der Box war sehr groß für ein Westernpferd und viel zu mager. Seine Beine und der Rücken waren hellbraun, Bauch und Flanken waren weiß gefleckt. Auch der Hals und der Kopf waren weiß.

Stefan streckte behutsam seine Hand aus. „Na, mein Freund?“, murmelte er. „Willkommen auf Sunshine.“

Der Hengst fuhr so erschrocken zusammen, als hätte Stefan direkt vor ihm mit einer Peitsche geknallt. Er drängte sich eng an die Rückwand des Verschlages. Stefan zog die Finger wieder zurück.

„Der ist vollkommen verängstigt. Vielleicht hat er schlechte Erfahrungen mit Männern gemacht.“

„Daran kann's nicht liegen“, meinte Juliana. „Bei mir hat er vorhin genauso reagiert.“

„Kein Wunder“, sagte Ayla. „So, wie der aussieht. Woher hat Sue ihn denn?“

„Keine Ahnung. Sie hat mich gestern Abend angerufen und erklärt, dass sie eine Überraschung für mich hat. Ich wusste zwar schon länger, dass sie Kontakt zu einem neuen Händler hat und ein Westernpferd von ihm kaufen wollte, aber …“ Er zuckte mit den Schultern.

„Wo steckt Sue denn überhaupt?“

„Sie ist in der Stadt, um noch einige Formalitäten zu klären. Und auf dem Rückweg holt sie Doktor Knopfler ab.“ Doktor Knopfler war der Tierarzt der Sunshine Ranch.

„Der wird richtig wütend werden“, vermutete Juliana. „Ich kapiere nicht, wie ein Pferdehändler so ein Tier kaufen und wieder verkaufen kann. Man sieht doch auf den ersten Blick, dass es gequält wurde.“

„Die Typen, die das gemacht haben, sollte man …“, begann Hannah, aber Stefan unterbrach sie.

„Sue wird den früheren Besitzer anzeigen, darauf kannst du Gift nehmen. Aber vermutlich kam es ihr zuerst einmal darauf an, den Hengst in Sicherheit zu bringen.“ Er schüttelte den Kopf. „Möchte bloß wissen, was sie für ihn bezahlt hat.“

„Wie kannst du denn jetzt an Geld denken?“, fragte Ayla empört. „Sue hat ganz Recht, sie musste ihn retten. Koste es, was es wolle.“

Stefan seufzte. Als Verwalter musste er den wirtschaftlichen Erfolg der Sunshine Ranch im Auge behalten. Das war keine leichte Aufgabe, wenn man für eine Frau wie Sue Mirador arbeitete. Denn wenn die Ranchbesitzerin ein krankes oder misshandeltes Tier sah, dann wollte sie ihm um jeden Preis helfen.

Die Amerikanerin hatte die Sunshine Ranch vor einigen Jahren gekauft und nach ihren Vorstellungen umgebaut. Inzwischen war der Hof zu einem kleinen Tierparadies geworden. Neben zwölf Pferden lebten hier der Esel Fritz, die Hängebauchschweine Horst und Klothilde, die Ziege Ilka und zahllose Gänse, Enten und Hühner. Und ständig kamen neue dazu. „Wenn das so weitergeht, müssen wir bald anbauen", hatte Stefan erst neulich gesagt, als Sue mit einem Käfig voller zerrupfter Hühner, die sie aus einer Legebatterie gerettet hatte, auf den Hof gefahren war.

„Seht ihr die kleinen Wunden da?" Ayla lehnte sich über die Absperrung und zeigte mit dem Finger auf die kreisförmigen Narben und Entzündungen am Hals des Westernpferdes. „Das sieht aus, als ob jemand seine Zigaretten auf ihm ausgedrückt hätte."

Zu ihrer Überraschung hob das Pferd den Kopf und sah sie an. Es hatte blaue Augen, tief, hell und klar wie Wasser. Die Augen schienen ihr etwas Wichtiges sagen zu wollen, aber was immer es war, Ayla konnte es nicht verstehen.

„Komm doch her", flüsterte sie, obwohl sie genau wusste, dass das Pferd viel zu große Angst hatte, um sich ihr zu nähern. „Hier bei uns bist du in Sicherheit, keiner kann dir mehr was tun."

Der Hengst wirkte so, als ob er über ihre Worte nachdächte. Dann machte er zögernd einen winzigen Schritt auf sie zu. „Ja, du bist ein Lieber." Ayla streckte ihm die flache Hand entgegen.

„Ich glaub's ja nicht", wisperte Juliana neben ihr. „Er kommt wirklich."

Die Nüstern des Pferdes blähten sich, schnuppernd streckte es den Kopf nach vorn. Seine Nase strich sanft über Aylas Hand. „Warte mal." Mit der Linken kramte sie eine Karotte aus ihrer Jackentasche und legte sie in die offene Hand. „Die ist für dich."

Ein kurzes Zögern, dann griffen die samtenen Pferdelippen nach der Möhre. Die Kiefern malmten. In der Nachbarbox reckte Aylas Pflegepferd Saphir den Hals und schnaubte eifersüchtig. Als Ayla ihn nicht beachtete, wieherte er missbilligend und wandte sich beleidigt ab.

„Fein." Ayla kraulte das neue Pferd zwischen den Ohren und tätschelte seinen Hals.

„Er scheint dich zu mögen", meinte Juliana.

Ayla lachte leise. „Wahrscheinlich merkt er, dass wir es gut mit ihm meinen."

Draußen schlug eine Autotür zu. Erschrocken fuhr das Paint Horse zusammen und tänzelte wieder zurück zur Wand. Als nun die beiden Farmhunde Washington und Heinrich in den Stall stürmten, begann es nervös zu trappeln. Schwanzwedelnd und bellend kamen die Hunde auf Stefan und die Mädchen zugerannt.

„Hierher, Washington! Heinrich!" Das war Sues

Stimme. Die Ranchbesitzerin tauchte in der Stalltür auf.

„Oh, hi! Was macht ihr denn alle hier? Das ist ja ein richtiger Auflauf."

„Wir schauen uns deine neueste Errungenschaft an." Stefan ging zu Sue und gab ihr einen Kuss auf die Wange. „Hast du Knopfler mitgebracht?"

„*Yes*. Er holt nur noch seine Tasche aus dem Wagen. *So, how is Lucky?*"

„Lucky?", fragte Ayla. „So heißt er?"

Sue nickte. „Nicht sehr treffend, oder?"

„Der Glückliche? Das ist der totale Hohn", stimmte Hannah ihr zu.

„Und woher hast du ihn?", fragte Juliana.

Aber bevor Sue etwas erwidern konnte, trat Doktor Knopfler in den Stall. „Wo ist denn unser Patient?", erkundigte er sich.

„In der letzten Box", sagte Sue und deutete ans Ende der Stallgasse.

„Das ist schlecht."

„Warum?"

„Zu wenig Licht. Ich kann in der Box kaum was sehen. Vielleicht können wir Lucky nach draußen bringen, da kann ich ihn viel besser untersuchen."

Stefan pfiff leise durch die Zähne. „Das wird schwierig. Der Bursche lässt sich von niemandem anfassen."

„Von mir schon“, warf Ayla ein. „Bitte, Sue, darf ich ihn auf den Hof führen?“

„*You? I don't know.* Ich nehm ihn lieber selbst …“

„Ayla scheint wirklich einen besonderen Draht zu Lucky zu haben“, sagte Stefan. „Lass sie es doch mal versuchen.“

„Okay. Aber sei um Gottes Willen vorsichtig.“

K. o. in der ersten Runde

Lucky wollte seine Box nicht verlassen. Als Ayla ihn am Halfter packte, stemmte er seine Füße in den Boden und senkte störrisch den Kopf wie die Ziege Ilka, wenn man sie abends in den Stall bringen wollte.

Aber nachdem Ayla ihn eine Weile lang gestreichelt und sanft auf ihn eingeredet hatte, entspannte er sich ein wenig. Sie gab den anderen mit dem Kopf ein Zeichen, aus der Stallgasse zu verschwinden. „Lasst mich mit ihm allein", sagte sie. „Ich schaff das schon. Aber wenn ihr alle hier rumsteht, kommt er nie raus."

Nach kurzem Zögern nickte Sue. „Also gut."

„Auf geht's, Lucky", flüsterte Ayla, als die anderen weg waren. „Dir passiert nichts." Sie hielt das Halfter ganz eng an seinem Kopf, sodass er sie neben sich spürte. Und es funktionierte. Langsam, Schritt für Schritt, ließ sich der Hengst aus dem Stall in den Hof führen.

„Wow", meinte Hannah beeindruckt, als Ayla den Hengst am Sattelplatz anband. „Dass er so schnell mitkommen würde, hätte ich nie gedacht."

„Well done", jubelte Sue. *„Thanks, Ayla, I'm really impressed."*

Ayla strahlte vor Stolz. Aber im selben Moment wieherte Lucky schrill auf und begann, ängstlich mit den Hufen zu scharren. Dabei hatte sich keiner bewegt und auch Doktor Knopfler hatte noch keine Anstalten gemacht, sich ihm zu nähern.

„Kannst du noch mal versuchen, ihn zu beruhigen?", bat der Tierarzt Ayla.

Sie trat neben das Paint Horse und legte ihren Kopf an seinen Hals. „Ganz ruhig, alles in Ordnung", flüsterte sie und spürte, wie sein Körper sich entspannte.

„Ich bleib am besten hier stehen", meinte sie. „Wenn es Ihnen nichts ausmacht."

„Im Gegenteil", meinte Doktor Knopfler, während er bereits die Flanke des Pferdes untersuchte. „Das machst du hervorragend." Behutsam fuhr er mit dem Finger über eine Schwellung.

„Die offenen Stellen müssen gereinigt werden. Das wird ihm nicht gefallen. Ich denke, das sparen wir uns am besten bis zum Schluss auf."

Er schob sich die Bügel seines Stethoskops in die Ohren. Lucky blieb ganz ruhig stehen, während er ihn abhörte. Doktor Knopfler untersuchte seine Augen, die Ohren und die Zähne. „Abgesehen von den Verletzungen scheint alles so weit in Ordnung zu sein. Ich werde

Lucky aber vorsichtshalber noch Blut abnehmen. Und impfen muss ich ihn natürlich auch noch."

„O weh", flüsterte Hannah atemlos, als Knopfler die Spritze aufzog. „Ob er sich das einfach so gefallen lässt?"

„Die Spritze spürt er gar nicht", beruhigte Knopfler sie, während er die Kanüle schon in Luckys Hals einführte. Und wirklich zuckte Lucky mit keiner Wimper.

„Braver Junge." Knopfler gab Lucky ein Stück trockenes Brot zur Belohnung. „So, jetzt musst du noch mal ganz tapfer sein." Er nickte Ayla zu. „Ich werde nun die offenen Wunden reinigen und desinfizieren. Das brennt ein bisschen. Kann sein, dass ihm das Angst macht. Im schlimmsten Fall müssen wir die Prozedur abbrechen und ihn betäuben."

„Nein", sagte Ayla. „Lucky packt das schon. Ich bleibe bei ihm."

„Das ist viel zu gefährlich, Ayla", protestierte Sue. „Ich halte Lucky. Wenn er ausschlägt und dich verletzt ..."

Aber Knopfler hob die Hand und unterbrach sie. „Lass mal, Sue. Im Moment klappt es hervorragend mit Ayla. Und sobald ich merke, dass Lucky unruhig wird, höre ich auf."

Sue wollte widersprechen, als Stefan jedoch beruhigend seinen Arm auf ihre Schulter legte, nickte sie zögernd. Knopfler begann, die offenen Verletzungen mit einer Pinzette zu reinigen; danach desinfizierte er sie und deckte die größeren Wunden mit sterilen Verbänden ab. Das Verbandszeug wurde mit Kampferlösung eingesprüht, damit Lucky es nicht sofort wieder abriss.

Lucky ließ die unangenehme Prozedur geduldig über sich ergehen. Ein paarmal schüttelte er unwillig die Mähne, aber als Ayla seinen Hals tätschelte, beruhigte er sich wieder.

„Das hast du super gemacht, Ayla“, erklärte Knopfler, nachdem er das Desinfektionsspray und Verbandszeug wieder in seiner Tasche verstaut hatte. „Vielen Dank. Wenn du mit Abi und Studium fertig bist, kannst du sofort als Tierärztin in meiner Praxis anfangen.“

„Woher wissen Sie, dass ich Tierärztin werden will?“, fragte Ayla. Von diesem Traum hatte sie noch nicht einmal ihrer besten Freundin Juliana etwas erzählt.

„Das merkt man doch sofort“, sagte Knopfler. „Du wirst eine großartige Kollegin werden, da bin ich mir ganz sicher.“

Ayla wurde rot. „So ein Quatsch“, wehrte sie verlegen ab.

Inzwischen war auch der Rest der Pferdemädchen auf der Ranch eingetroffen. Sina, Tori und Myriam besuchten zusammen mit Ayla, Juliana und Hannah die Klasse 8a des Friederike-Fliedner-Gymnasiums. Zumindest vormittags. Am Nachmittag trafen sie sich immer auf der Sunshine Ranch. Und am Wochenende kamen sie sogar gleich nach dem Frühstück auf die Ranch und blieben bis zum Abend. Jede von ihnen hatte ein Pflegepferd, für das sie allein verantwortlich war, das sie ausritt, fütterte und pflegte.

„Ich verstehe dich nicht“, sagte Aylas Mutter immer wieder. „Ständig hängst du auf dieser Ranch rum. Dir bleibt doch überhaupt keine Freizeit mehr.“

Aber was hätte sie mit dieser ‚Freizeit‘ auch anfangen sollen? Die Sunshine Ranch war Aylas Leben. Hier waren ihre Freunde, hier fühlte sie sich wohl. Mit neun Jahren hatte sie angefangen zu reiten, und ein halbes Jahr später hatte Sue ihr Saphir anvertraut, einen Freiberger Wallach. Seither war Ayla für Saphir verantwortlich. Wenn sie in den Sommerferien mit ihrer Familie in die Türkei fuhr, musste eine ihrer Freundinnen sie vertreten. Dann zählte Ayla in der Türkei die Tage, bis der blöde Urlaub endlich wieder zu Ende war und sie zurück auf die Ranch konnte.

Keine Pferde, kein Reiten, keine Sunshine Ranch mehr – das war wirklich eine Horrorvorstellung.

Manchmal träumte Ayla davon, dass Sue die Ranch verkaufen wollte, und wachte schweißgebadet auf.

„Soll ich Lucky jetzt wieder in den Stall bringen?“, fragte sie, als Doktor Knopfler seine Tasche in Sues Wagen verstaute.

„*No*“, sagte Sue. „Ich denke, ich werde ihn noch ein bisschen bewegen, damit er sich an mich gewöhnt.“

„Du willst ihn reiten?“, fragte Stefan entgeistert.

„*Nonsense*. Ich werde einen kleinen Spaziergang mit ihm machen. Einmal zur Koppel und wieder zurück.“

„Soll ich nicht lieber …?“, begann Ayla, aber Sue unterbrach sie.

„Danke, Ayla. *You've done a great job*. Aber ich möchte Lucky ein bisschen besser kennenlernen.“

Ayla zögerte. Es gefiel ihr gar nicht, dass es jetzt Sue war, die Luckys Halfter losband. Und Lucky gefiel es auch nicht, das spürte sie ganz deutlich. Sein Körper versteifte sich, als Sue neben ihn trat und leise und beruhigend auf ihn einredete.

„Don't worry“, hörte Ayla sie flüstern. *„You'll love it on Sunshine.“*

Normalerweise waren alle Tiere verrückt nach Sue. Die aggressivsten Kampfhunde wurden brav und zahm, wenn sie sie streichelte, selbst ein verstörtes Pferd wie der Colorado Ranger Dakota, der sonst jeden Reiter abwarf, duldete Sue auf seinem Rücken. Sogar die Hühner kamen gackernd angelaufen, wenn sie über den Hof ging. Die Tiere spürten, dass Sue sie liebte.

Aber Lucky war eine Ausnahme, das merkte Ayla ganz genau. Lucky hatte Angst vor Sue, viel mehr Angst als vor Stefan oder Knopfler oder den anderen Mädchen.

Sue hatte ein so feines Gespür für Tiere, es konnte ihr nicht entgangen sein, dass Lucky auf ihre Gegenwart besonders nervös reagierte. Vielleicht bestand sie ja gerade deshalb darauf, ihn spazieren zu führen. Sie nahm Ayla das Halfter aus der Hand.

„*Come on, old boy*“, sagte sie aufmunternd. „*Let's have a look around* …“ Weiter kam sie nicht.

Lucky warf den Kopf nach oben und wieherte so schrill, dass Ayla erschrocken aufschrie. Plötzlich war Knopfler hinter ihr und riss sie an den Schultern von Lucky weg.

„Sue!“, rief Stefan. „Ich glaube, du solltest …“

Aber Sue hörte ihn gar nicht. „*Everybody leave the yard!*“, rief sie laut über die Schulter. „Runter vom Hof mit euch! Ich will mit Lucky allein sein.“

„Das ist keine gute Idee“, warnte Stefan.

„*Shut up!*“, zischte Sue. „Ich weiß genau, was ich tue!“ Über die Schulter warf sie ihm einen drohenden Blick zu. Das war ein Fehler. In dem Moment, in dem sie sich von Lucky abwandte, bäumte er sich auf.

„*Calm down!*“ Sue versuchte, ihn am Halfter nach unten zu ziehen, um die Kontrolle über ihn zu gewinnen, aber es war zu spät.

Lucky beruhigte sich nicht. Er vollführte eine Drehung auf der Hinterhand und wirbelte mit den Vorderbeinen durch die Luft.

„Achtung!“, schrien Stefan und Knopfler gleichzeitig.

Im selben Moment traf einer der Pferdehufe Sue an

der Schläfe. Ayla hörte einen Knall und einen lauten Schrei. Aber es war nicht Sue, die geschrien hatte, sondern eines der Mädchen, vielleicht war es sogar Ayla selbst gewesen.

Sue taumelte, ließ die Arme fallen und ging zu Boden.

Schlechte Nachrichten

Auf dem Hof war die Hölle los. Luckys Vorderhufe knallten neben Sues leblosem Körper zu Boden, dann bäumte er sich von Neuem auf. Er tänzelte auf Sue zu, seine Hufe berührten fast ihre langen roten Locken, die ihren Kopf umflossen wie Blut. Noch einen Schritt näher, noch ein paar Zentimeter weiter, und er würde sie zu Tode trampeln. Washington begann, wie von Sinnen zu bellen, und wollte zu Sue. Auch Heinrich begann, nervös zu fiepen. Glücklicherweise reagierten Tori und Sina blitzschnell. „Aus, Washington!“ Sie packten die beiden Hunde am Halsband, zerrten sie zur Scheune und sperrten sie ein. Washingtons Gebell war jetzt nur noch gedämpft zu hören, es klang umso wütender. Doch das Hundegebell steigerte Luckys Panik noch weiter. Seine Hufe flogen, seine helle Mähne umwehte den weißen Kopf, der Schweif peitschte durch die Luft. Das durchdringende Wiehern klang wie ein Hilferuf.

Knopfler hielt Ayla immer noch an den Schultern fest, aber nun riss sie sich los. Bevor er wieder nach ihr greifen konnte, hatte sie einen Schritt auf Lucky zugemacht. Wie vorhin im Stall streckte sie ihre Hand aus. „Lucky“, sagte sie ruhig und so leise, dass er es über seinem Wiehern und Stampfen gar nicht hätte hören können. „Komm zu mir, Lucky.“

Er tänzelte ein paar Schritte rückwärts. Hatte er sie überhaupt bemerkt? Immerhin bewegte er sich nun von Sue weg. Und auf Ayla zu. Langsam senkten sich die Vorderhufe zu Boden.

„Lucky“, sagte Ayla noch einmal. Ihre Hand war immer noch ausgestreckt, die Handfläche zeigte nach oben. Lucky schnaubte und schüttelte den Kopf, als würde er aus einer Trance erwachen.

Ayla trat langsam neben ihn und griff nach seinem Halfter. Plötzlich war es ganz still auf dem Hof. Sogar Washingtons Gebell schien leiser geworden zu sein. Ayla machte einen Schritt in Richtung Stall. Noch einen. Sie erwartete, dass Lucky sich weigern würde, aber er folgte ihr ohne Zögern.

„Ich bringe dich jetzt zurück in die Box“, sagte Ayla ruhig.

Aus dem Augenwinkel sah sie, wie Stefan zu Sue stürzte. Knopfler hatte sein Handy aus der Tasche gezogen und rief den Notarzt.

Nachdem der Krankenwagen Sue abgeholt hatte, trafen Viktor und Stefans Sohn Hannes auf der Ranch ein. Ein paar Minuten später radelten auch Myriams Freund Tom und Fabian, der Sohn von Doktor Knopfler, auf den Hof. Die vier Jungen waren fassungslos, als sie hörten, was geschehen war.

„Vielleicht sah es ja schlimmer aus, als es in Wirklichkeit war“, meinte Viktor zweifelnd.

„Dann hätte sich Stefan doch schon längst bei uns gemeldet“, wandte Sina ein und begann zu weinen. Ihr Freund Viktor legte seinen Arm um ihre Schulter. Die anderen starrten mit düsteren Gesichtern zu Boden und schwiegen. Wenn die Sunshine Ranch dichtmacht, dreh ich durch, dachte Ayla, und schämte sich im gleichen Augenblick dafür, dass sie in so einer Situation nur an sich dachte.

Hannes erhob sich als Erster. „Das hat doch keinen Sinn“, erklärte er. „Wenn wir hier mit langen Gesichtern rumsitzen, hilft das Sue auch nicht. Kommt, Leute, wir bringen die Pferde auf die Weide. Und dann wird der Stall ausgemistet.“

„Was machen wir mit Lucky?“, fragte Ayla.

„Der bleibt natürlich im Stall“, sagte Hannah. „Also, ich fass ihn bestimmt nicht an. Und außerdem – wir wissen ja gar nicht, wie er auf die anderen Pferde reagiert.“

Aus traurigen blauen Augen sah Lucky zu, wie ein Pferd nach dem anderen aus seiner Box geführt wurde. Als der Stall leer war, ließ er resigniert den Kopf sinken.

Die zehn Freunde fegten die nasse Streu aus den Verschlägen, karrten Mist nach draußen und verteilten danach frische Einstreu in den Boxen. Sie arbeiteten schweigend, jeder hing seinen eigenen Gedanken nach.

Ayla hatte sich Saphirs Box vorgenommen, die neben Luckys Verschlag lag. Bevor sie ihre volle Schubkarre nach draußen schob, beugte sie sich über die Abtrennung und streichelte Lucky zwischen den Ohren. Er schnaubte leise.

„Sag mal, spinnst du, Ayla?“, fragte Tori ungläubig. „Hast du schon vergessen, was er mit Sue gemacht hat? Also, ich würd den nicht auch noch streicheln.“

„Das war ein Unfall“, protestierte Ayla.

„Na hör mal“, meinte Myriam. „Lucky hat bestimmt eine Menge schreckliche Dinge mitgemacht. Aber Tori hat Recht, ich würde mich auch von ihm fernhalten. Dieses Pferd ist gemeingefährlich.“

Nachdem sämtliche Tiergehege sauber und die Schweine, die Ziege und die Hühner gefüttert waren, setzten sie sich vor dem Stall in die Sonne und warteten darauf, dass sich Stefan meldete. Keiner von ihnen hatte Lust auszureiten. Zu ihren Füßen lagen Washington und Heinrich. Der riesige Neufundländer Washington winselte leise. Er trauerte um Sue, als wäre sie gestorben. Und der zottelige Heinrich, der Stefan gehörte, spürte ebenfalls, dass etwas nicht stimmte. Die beiden

Hunde hatten das Futter, das Sina ihnen hingestellt hatte, nicht einmal angerührt. Das war noch nie vorgekommen.

Am Nachmittag klingelte endlich Hannes' Handy. Es war Stefan. „Sue liegt auf der Intensivstation", teilte Hannes den anderen mit, nachdem er aufgelegt hatte. „Im Moment kann man über ihren Zustand nur wenig sagen. Die Untersuchungen laufen noch."

„Ist sie bei Bewusstsein?", fragte Juliana.

„Sie haben sie in ein künstliches Koma versetzt", sagte Hannes.

Künstliches Koma. Ayla schluckte. Das klang furchtbar.

„Stefan meint, wir sollen heimgehen", fügte Hannes noch hinzu. „Sobald es was Neues gibt, meldet er sich bei mir. Und ich geb es dann an euch weiter."

Aber keiner der Freunde wollte die Ranch verlassen. Gemeinsam war die Situation schlimm genug, für jeden allein wäre sie unerträglich. Nicht einmal Juliana, deren strenger Vater regelmäßig Zustände bekam, wenn sie nicht pünktlich zum Abendessen erschien, ging nach Hause.

Als Stefans Wagen endlich auf den Hof fuhr, hockten die Freunde immer noch auf der Bank vor dem Stall und auf der Stange des Sattelplatzes. Sie sprangen erwartungsvoll auf, als er ausstieg. Aber Stefan winkte ab.

„Ich kann euch leider nichts Neues mitteilen“, meinte er traurig. Müde rieb er sich mit der Hand über die Augen. Sein Gesicht war grau und wirkte zerknittert, der Tag hatte seine Spuren hinterlassen. „Die Ärzte haben ein Schädel-Hirn-Trauma festgestellt. Bis morgen bleibt Sue auf jeden Fall im künstlichen Koma. Dann sehen wir weiter.“

„Wird sie denn … wieder gesund?“ Tori wagte es, die Frage auszusprechen, die alle bewegte.

Stefan runzelte die Stirn, als müsste er erst über seine Antwort nachdenken. „Ich weiß es nicht“, erklärte er dann. „Zu diesem Zeitpunkt kann man das noch nicht sagen. Wir müssen abwarten. Ich hoffe, dass wir morgen mehr erfahren.“

Tori nickte düster.

„Dieser verdammte Gaul!“, brach es dann aus ihr hervor. „Wenn dieser neurotische Hengst nicht gewesen wäre, wäre das alles nicht passiert.“

Stefan zuckte die Schultern. „Es ist nicht Luckys Schuld. So was kann bei Pferden leider immer vorkommen.“

„Das ist doch Quatsch!“, rief Hannes. „Keines unserer Pferde rastet grundlos aus und tritt plötzlich um sich. Nicht mal Dakota tut das!“

„Ich rühr Lucky bestimmt nicht mehr an“, erklärte Sina.

„Das solltet ihr auch nicht“, nickte Stefan. „Gut,

dass du es erwähnst, Sina. Bis auf Weiteres bleibt Lucky in seiner Box, er kommt nicht auf die Weide und wird auch nicht bewegt …"

„Aber das ist doch grausam!", protestierte Ayla. „Wir können ihn doch nicht den ganzen Tag im dunklen Stall lassen."

„Doch, das können wir und das werden wir. Sue hat mächtig Glück gehabt, dass sie den Huftritt überlebt hat. Hoffen wir, dass sie nun …" Stefans Stimme brach. Er schluckte und wechselte rasch das Thema. „Wir werden auf keinen Fall riskieren, dass noch einmal etwas Ähnliches passiert. Lucky bleibt in der Box und morgen wird Knopfler nach ihm sehen. Aber ihr haltet euch von ihm fern."

Gemurmel unter den Freunden.

„Habt ihr das verstanden?", fragte Stefan. Die Frage war an alle gerichtet, aber er sah nur Ayla an.

„Verstanden", erklärte Tori. Die anderen nickten.

„Du auch, Ayla?", erkundigte sich Stefan.

Sie konnte die Blicke der anderen deutlich spüren, gleichzeitig musste sie an Luckys traurige blaue Augen denken. Ich kann doch nichts dafür, sagten seine Augen. Ich wollte das ganz bestimmt nicht.

Aber das würde ihm keiner außer Ayla glauben.

„Verstanden", sagte sie leise und seufzte.

Ayla beschloss, ihren Eltern erst einmal nichts davon zu erzählen, dass Sue im Krankenhaus lag. Aylas Mutter war selbst nie geritten, sie hatte ständig Angst, dass Ayla vom Pferd fallen und sich verletzen könnte. Wenn sie hörte, dass Sue von einem der Pferde bewusstlos getreten worden war, würde das ihre schlimmsten Befürchtungen bestätigen. „Kannst du dir nicht irgendeinen Sport aussuchen, der weniger gefährlich ist?", jammerte sie ständig. „Andere Mädchen gehen in die Tanzschule oder zum Ballett. Warum probierst du es nicht mal damit?"

Aber diesen Vorschlag fand Ayla so absurd, dass sie ihn einfach ignorierte.

Heute Abend hielt ihr ihre Mutter zum Glück keine Vorträge über die Gefahren des Reitens.

„Dein Vater und ich haben Neuigkeiten aus Istanbul", verkündete sie aufgeregt, kaum dass Ayla die Tür aufgeschlossen hatte. „Onkel Metin hat endlich angerufen!"

Onkel Metin war der Stiefbruder von Aylas Vater. Während Aylas Vater in Deutschland geboren und aufgewachsen war, war Metin in der Türkei groß geworden, hatte dort geheiratet und Kinder bekommen. Seine Computerfirma in Istanbul lief äußerst erfolgreich und hatte Onkel Metin zu einem recht wohlhabenden Mann gemacht.

Vor einiger Zeit hatte er zu Aylas Vater gesagt, dass er seinen ältesten Sohn Cemal gern für ein paar Wochen nach Deutschland schicken würde, damit er sein Deutsch verbesserte. Aylas Vater war begeistert von der Idee, ganz im Gegensatz zu Ayla. Onkel Metin war lustig und nett und Ayla verstand sich hervorragend mit ihren Cousinen Pinar und Elin, aber ihren Cousin Cemal fand sie einfach nur unausstehlich.

Sie kannte ihn gut, ihre Familie verbrachte schließlich fast jeden Sommer in Metins großem Strandhaus in Kemer. Cemal war ein verwöhnter, arroganter Macho. Unordentlich, faul und überheblich. Mädchen traute er grundsätzlich überhaupt nichts zu.

„Das klingt nach dem totalen Albtraum", hatte Juliana gesagt, als Ayla ihr von Cemal erzählt hatte. „Und wie lange soll der Typ bei euch wohnen?"

„Zwei oder drei Wochen, glaube ich", hatte Ayla erwidert. „Aber wenn er erwartet, dass ich mich um ihn kümmere, hat er sich geschnitten. So weit kommt's noch. Soll er sich doch zu Tode langweilen, das ist nicht mein Problem."

Wenn alles nach Plan gegangen wäre, wäre Cemal schon am Ende der Sommerferien nach Deutschland gekommen. Doch dann hatte es Probleme mit seinem Touristenvisum gegeben und seine Anreise hatte sich verzögert. Je länger sich die ganze Angelegenheit hingezogen hatte, desto mehr hatte Ayla gehofft, dass Cemal gar nicht erst anreisen würde. Aber diese Hoffnung zerschlug sich jetzt.

„Stell dir vor, es klappt!", erzählte ihre Mutter mit leuchtenden Augen. „Cemal kommt übermorgen an. Um fünf können wir ihn am Flughafen abholen."

„Na super", knurrte Ayla. In Zukunft würde sie Tür an Tür mit ihrem Macho-Cousin wohnen. Diese Nachricht hatte ihr heute gerade noch gefehlt.

„Finde ich auch. Ich hab schon eine Liste gemacht, was wir noch alles besorgen und vorbereiten müssen", plauderte ihre Mutter weiter. „Das Zimmer ist ja noch gar nicht fertig. Wir wollen doch, dass er sich von Anfang an bei uns wohlfühlt."

„Übertreib's mal nicht", sagte Ayla. „Sonst bleibt er hinterher für immer."

„Na hör mal", sagte Frau Maksut vorwurfsvoll. „Freust du dich denn nicht, dass dein Cousin uns besucht? Für dich ist das doch auch eine tolle Chance. Du kannst dein Türkisch verbessern, Cemal hilft dir bestimmt gern dabei."

„Toll."

Als Ayla klein war, hatten sich ihre Eltern bemüht, so oft wie möglich Türkisch mit ihr und ihrer Schwester zu sprechen. Aber je älter die Mädchen wurden, desto häufiger sprachen sie Deutsch zu Hause. Durch die häufigen Besuche in der Türkei konnte Ayla die Muttersprache ihrer Eltern zwar noch gut verstehen, aber beim Sprechen machte sie oft Fehler und das Schreiben fiel ihr schwer. Als ob Cemal ihr Türkisch beibringen würde!

Der machte sich doch über jeden ihrer Fehler lustig. „Er soll erst mal Deutsch lernen“, meinte sie verächtlich.

„Deshalb ist er ja hier“, entgegnete Frau Maksut geistesabwesend. „Zucker, Honig, Nüsse, getrocknete Aprikosen …“ Sie notierte alles auf einem Zettel. „Ich muss unbedingt Lammfleisch bestellen. Und wir brauchen türkischen Joghurt …“

„Willst du etwa Türkisch für ihn kochen?“

„Natürlich, was denn sonst?“

„Mach ihm lieber was Deutsches. Er soll sich doch an das Land und die Kultur gewöhnen.“

„Das kommt später. Zuerst einmal soll er sich bei uns zu Hause fühlen.“ Frau Maksut runzelte die Stirn und kritzelte noch ein paar Zutaten auf ihre Einkaufsliste. „Hier.“ Sie reichte Ayla den Zettel. „Das holst du bitte morgen nach der Schule bei Sami.“

„Ich?“

„Ja, du. Ich habe bestimmt keine Zeit dafür. Ich muss morgen nach der Arbeit zu IKEA. Unser Gästebett braucht eine neue Matratze und die Nachttischlampe funktioniert nicht richtig.“

„Ich hab auch keine Zeit.“

„Was hast du denn so Wichtiges vor?“

Ayla zögerte einen Moment lang. Ob sie ihrer Mutter doch von Sues Unfall erzählen sollte?

„Richtig weltbewegend kann es ja nicht sein, wenn du so lange darüber nachdenken musst.“

Na gut. Dann würde sie es ihrer Mutter nicht erzählen. Vielleicht war es ja auch besser so. Das Risiko, dass ihre Mutter dann in Panik geraten und ihr das Reiten verbieten würde, war einfach zu groß.

„Ich kümmere mich um die Einkäufe." Ayla gab sich geschlagen und steckte die Liste in die Jeanstasche.

„Aber nicht vergessen, hörst du?"

„Nein, nein."

Den türkischen Laden, in dem sie die Sachen besorgen sollte, erreichte man nur mit der Straßenbahn. Sie würde die Ranch morgen ein bisschen früher verlassen müssen.

Aylas Gedanken wanderten wieder zu Sue. Wie furchtbar blass ihr Gesicht gewesen war, als die Sanitäter sie auf die Trage gehoben hatten. Bleich wie der Tod.

Ayla unterdrückte ein Seufzen.

„Was ist denn los?", fragte ihre Mutter misstrauisch. „Ist etwas nicht in Ordnung, Ayla? Du wirkst so durcheinander."

„Alles okay", sagte Ayla hastig. „Ich bin nur müde. War ein anstrengender Tag."

„Daran ist nur diese Ranch schuld! In Zukunft solltest du dort nicht mehr so viel Zeit verbringen. Ich möchte auch, dass du dich ein bisschen um Cemal kümmerst, wenn er …"

Den Rest des Satzes hörte Ayla nicht mehr. Sie war in

ihrem Zimmer verschwunden und hatte die Tür hinter sich zugezogen.

Cemal konnte sie mal!

Sie hatte wirklich andere Sorgen.

Erleichterung und dann ein Schock

Für die sechs Pferdemädchen war der nächste Schultag die reinste Folter. Eine Doppelstunde Mathe, dann Englisch, Kunst, Musik und Biologie mussten sie absitzen, obwohl keine von ihnen an etwas anderes denken konnte als an Sue.

„Sie wollen sie noch heute Vormittag aus dem künstlichen Koma aufwecken“, sagte Hannes, als sie sich in der großen Pause auf dem Schulhof trafen. „Ihr Zustand hat sich stabilisiert.“

„Das klingt doch gut“, sagte Tori hoffnungsvoll. „Dann ist alles okay mit ihr?“

„Das kann man jetzt noch nicht sagen“, dämpfte Hannes ihre Begeisterung.

„Wird sie denn wieder normal sprechen und gehen können?“, fragte Sina.

„Wenn Sue nicht mehr reiten könnte, das wäre der totale Albtraum!“, rief Hannah.

„Das weiß ich doch auch nicht.“ Hannes hob hilflos die Hände. „Sehe ich aus wie ein Arzt? Mein Vater ist jedenfalls total durcheinander, gestern Abend hat er sogar geweint. Ich habe ihn noch nie weinen sehen … außer damals, als meine Mutter gestorben ist."

„Der arme Stefan", flüsterte Myriam betroffen.

Hannes' Mutter war vor einigen Jahren bei einem Verkehrsunfall ums Leben gekommen. Danach hatte es nur noch Hannes, Stefan und ihren Hund Heinrich gegeben. Und ziemlich viele trübe Abende. Bis Stefan Sue kennengelernt hatte.

Die Sekunden, Minuten, Stunden bis zum Schulende zogen sich wie Kaugummi.

„Ich fahr direkt zur Ranch", erklärte Tori, als es endlich gegongt hatte. „Ich krieg jetzt ohnehin kein Mittagessen runter."

Sina und Myriam wollten sie begleiten.

„Ich komme auch mit", sagte Ayla. Zum Glück wollte ihre Mutter ja nach der Arbeit zu IKEA fahren. Sie würde es gar nicht mitbekommen, wenn Ayla erst abends nach Hause kam.

Stefan war nicht auf der Ranch. Nur die beiden Hunde kamen mit hoffnungsvollem Bellen auf sie zugerannt, als sie auf den Hof radelten. Heinrich begrüßte die Mädchen mit freudigem Wedeln. Aber Washington beachtete sie nicht. Er rannte an ihnen vorbei zum Tor und starrte hinaus. Nachdem ihm klar geworden war, dass Sue ihnen nicht folgte, kam er mit hängendem Schwanz zurück. Traurig schlich er Richtung Scheune.

„Er weiß ganz genau, dass es ihr nicht gut geht", sagte Tori. „Erstaunlich."

„So viel Feingefühl hätte man ihm gar nicht zugetraut", stimmte Sina ihr zu. „Als Sue an Ostern eine Woche in Amerika war, hat er sie kein Stück vermisst."

„Damals war ja auch alles in Ordnung", meinte Myriam wehmütig.

„Ach kommt, Leute." Ayla versuchte, mehr Zuversicht in ihre Stimme zu legen, als sie wirklich spürte. „Lasst euch nicht so hängen. Hannes hat doch gesagt, es geht ihr besser."

Wie auf Stichwort raste jetzt ein Rennrad in den Hof. Es war Hannes, der so dicht neben Myriam zum Stehen kam, dass er sie fast umfuhr. „Gute Nachrichten!", rief er noch im Abspringen. „Sue geht es so weit gut. Sie hat riesiges Glück gehabt, sagt mein Vater."

„Echt?", schrie Tori. „Das ist ja super!"

„Hurra!", jubelte Sina.

Myriam und Ayla fielen sich um den Hals und lachten und weinten gleichzeitig vor Erleichterung.

„Wir müssen den anderen Bescheid sagen", sagte Ayla schließlich. Sie wischte sich die Tränen aus den Augen und holte ihr Handy raus.

„Es gibt nur ein winziges Problem", meinte Hannes, als sie bereits Julianas Nummer gewählt hatte.

„Was denn?" Ayla drückte auf das Hörersymbol.

„Sue kann sich an nichts erinnern."

„Wie meinst du das?“, fragte Tori. „Hat sie ihr Gedächtnis verloren?“

„Nicht vollständig. Sie hat Stefan wiedererkannt und erinnert sich an die Ranch und an uns. Aber die letzten Wochen sind wie ausradiert. Von dem Unfall weiß sie überhaupt nichts mehr. Und von den Tagen davor auch nicht.“

„Ist das nicht normal?“, erkundigte sich Ayla.

„Hallo?“, fragte Juliana gleichzeitig am Handy. „Ayla? Bist du das?“

„Ja. Warte mal. Ich muss eben ...“

„Keine Ahnung.“ Hannes zuckte die Schultern. „Vielleicht kommt die Erinnerung ja wieder, wenn sie sich ein bisschen erholt hat.“

„Sonst erzählen wir ihr einfach, was in den letzten Wochen passiert ist. So viel Weltbewegendes ist ja nun auch nicht geschehen“, meinte Sina. „Außer dem Unfall natürlich.“

„Aber Lucky“, sagte Ayla. „Wenn Sue sich nicht mehr erinnern kann, von wem sie ihn gekauft hat, wird es schwer werden, Luckys früheren Besitzer wegen Tierquälerei dranzukriegen.“

„Hallo?“, rief Juliana genervt durchs Telefon. „Was ist denn jetzt, Ayla? Warum rufst du mich an, wenn du nun doch nicht mit mir sprechen willst?“

„Ayla hat Recht. Ohne Sues Erinnerungen kommen wir keinen Schritt weiter“, überlegte Myriam.

„HALLO? Was ist mit Sue?", schrie Juliana. „Kannst du bitte mal Klartext reden?"

„Es wird doch wohl einen Kaufvertrag geben", sagte Hannes.

„Stimmt auch wieder."

„Nach allem, was geschehen ist, macht Sue den Kauf bestimmt rückgängig", überlegte Tori. „Ich meine, Lucky hat sie beinahe totgetrampelt."

„Das tut sie nie im Leben", sagte Ayla. „Mann, Tori, überleg doch mal, wie Lucky aussieht. Der ist von seinem früheren Besitzer so was von misshandelt worden. In diese Hölle schickt ihn Sue ganz bestimmt nicht zurück. Es sei denn, sie hat nicht nur ihr Gedächtnis, sondern auch ihr Herz für Tiere verloren."

„Was redest du denn da?", fragte Juliana am Handy. „Was hat Sue verloren? Ayla, wenn du mir nicht sofort erzählst, was Sache ist, dann ... ach, weißt du was, ich komm jetzt zu euch."

„Halt, warte doch mal!", rief Ayla, aber es war zu spät. Juliana hatte aufgelegt.

„Ich kann mir auch nicht vorstellen, dass Sue Lucky zurückgeben wird", sagte Hannes. „Warten wir doch erst mal ab. Mein Vater hat gesagt, dass wir Sue bald besuchen können, wenn es ihr weiterhin so gut geht. Dann können wir sie fragen und sie wird uns schon erzählen, was sie vorhat."

„Also, auf jeden Fall bin ich total erleichtert", sagte

Tori. „Wie wär's mit einem kleinen Ausritt, Leute? Den haben wir uns wirklich verdient."

„Ich bin dabei!"

„Super Vorschlag!" Sina, Myriam und Hannes rannten los zur Weide, um die Pferde zu holen.

„Was ist mit dir, Ayla?", fragte Tori.

„Ich kann jetzt nicht ausreiten. Wenn Juliana gleich hier eintrifft, und ich bin nicht da, kriegt sie die Krise. Ich warte mal lieber auf sie."

Sobald die anderen vom Hof geritten waren, ging Ayla in den Stall. Lucky stand ganz hinten in seiner Box, den Kopf gesenkt, als schämte er sich. Als er Ayla erblickte, zuckte er zusammen und wich nervös zurück. Aber je näher sie kam, desto ruhiger wurde er. Als sie an seiner Box angelangt war, trat er sogar ein Stück auf sie zu.

„Hallo, mein Freund", flüsterte Ayla. „Wie geht es dir denn?"

Sie streckte die flache Hand aus und spürte, wie Lucky seinen warmen Atem darüberblies. Er wirkte ganz entspannt. Ayla holte ein Stück trockenes Brot aus ihrer Tasche und reichte es ihm. Während er darauf herumkaute, klopfte sie ihm den Hals.

„Du hast dich hier auf der Ranch ganz schön unbeliebt gemacht, mein Lieber", fuhr sie fort.

Sie fragte sich, ob Lucky gechipt war. Vermutlich nicht. Ein Besitzer, der sein Pferd prügelte und quälte, machte sich wahrscheinlich keine Sorgen darüber, dass es weglaufen könnte.

Luckys Heuraufe war nur noch halb voll, der Eimer mit Pferdemüsli, den Stefan ihm hingestellt hatte, bevor er ins Krankenhaus gefahren war, war fast leer gefressen. „Du scheinst richtig Appetit zu haben“, sagte Ayla. „Das ist gut. Du musst dringend ein bisschen Speck auf die Rippen kriegen.“

Als die Stalltür ging, fuhr sie erschrocken zurück. Auch Lucky warf ängstlich den Kopf nach oben.

„Wusste ich doch, dass du hier bist“, sagte Juliana. „Mannomann, Ayla! Du bist echt verrückt. Stefan hat uns doch verboten, zu Lucky reinzugehen.“

„Was sollte er mir denn tun?“, fragte Ayla. „In der Box kann doch nichts passieren.“

„Er könnte dir zum Beispiel die Finger abbeißen. Oder die Nase.“

„Ihr tut alle so, als ob er ein Monster wäre.“

„Wenn ich an gestern denke, dann hat nicht mehr viel dazu gefehlt. Aber keine Sorge, ich werd dich bestimmt nicht verpfeifen. Vorausgesetzt du erzählst mir endlich, was mit Sue ist.“

„Es geht ihr besser.“ Ayla erzählte Juliana, was sie vorhin von Hannes erfahren hatten.

„Gott sei Dank“, seufzte Juliana erleichtert. „Die Erinnerung kommt bestimmt wieder zurück. Ich kenn das von meinem kleinen Bruder. Als Johann damals nach dem Hockeyunfall ohnmächtig war, konnte er sich hinterher auch an nichts erinnern. Der Zusammenstoß mit dem anderen Spieler, das Spiel, das ganze Turnier – alles gelöscht. Aber nach ein paar Tagen kam die Erinnerung wieder. Nur von dem Unfall selbst weiß er bis heute nichts. Kann man denn schon sagen, wann Sue wieder nach Hause darf?“

„Sie werden sie bestimmt noch eine ganze Weile zur Beobachtung im Krankenhaus behalten, denke ich.“

„Hauptsache, sie kommt wieder in Ordnung.“

Von draußen drangen Motorgeräusche in den Stall. Ein Auto war auf den Hof gefahren.

„Das ist bestimmt Stefan“, sagte Juliana. „Nichts wie raus hier! Er ist bestimmt nicht begeistert, wenn er uns bei Lucky entdeckt.“

„Armer Lucky“, murmelte Ayla und streichelte ihm noch einmal über die Nüstern, bevor sie Juliana nach draußen folgte.

„Hi!“ Stefan sah immer noch ziemlich müde aus. Aber zumindest lächelte er jetzt wieder. „Ich soll euch allen schöne Grüße von Sue ausrichten.“

„Wie geht es ihr?“

„Gut. Den Umständen entsprechend sogar sehr gut. Die Ärzte sind zuversichtlich.“

„Wunderbar“, sagte Juliana.

„Das kannst du laut sagen.“ Stefan rieb sich die Augen und gähnte.

„Du siehst total kaputt aus“, sagte Ayla.

„Hab die ganze Nacht kein Auge zugetan. Ich muss mich gleich ein bisschen hinlegen. Aber vorher muss ich diesen verdammten Kaufvertrag finden.“

„Welchen Kaufvertrag? Von Lucky?“

„Genau. Sue kann sich ja an nichts erinnern. Sie hofft, dass es ihrem Gedächtnis auf die Sprünge hilft, wenn sie so viel wie möglich über Lucky herausfindet. Ach ja, und sie möchte dich sehen.“

„Mich?“, fragte Ayla verblüfft.

„Sie würde gern hören, wie du den Unfall erlebt hast. Wenn du es irgendwie einrichten kannst, ins Krankenhaus zu kommen, wäre das super.“

„Kein Problem“, meinte Ayla. „Obwohl ich mir nicht vorstellen kann, dass ich ihr weiterhelfen kann. Ihr anderen wart doch auch alle dabei, als es passiert ist.“

„Stimmt. Aber du scheinst einen besonderen Draht zu Lucky zu haben. Sue ist überzeugt, dass sie irgendeinen Fehler gemacht hat, der ihn zum Ausrasten gebracht hat.“

„So ein Blödsinn“, meinte Myriam. „Es ist doch nicht ihre Schuld. Das Pferd spinnt, das ist alles.“

„Das sehe ich genauso. Aber ihr kennt doch Sues Dickschädel. Wenn sie sich einmal etwas in den Kopf gesetzt hat, dann ist sie nicht mehr davon abzubringen.“

„Ich schau gleich heute Nachmittag bei ihr vorbei“, sagte Ayla.

„Vielleicht wäre morgen besser. Sie liegt ja noch auf der Intensivstation. Aber morgen Früh soll sie verlegt werden. Wenn du also morgen Nachmittag Zeit hättest …“

„Klar“, versprach Ayla. „Ich glaube zwar nicht, dass es etwas nützt, aber versuchen kann man es ja mal.“

Stefan gähnte noch einmal. „So, Leute. Ich such jetzt diesen verdammten Vertrag und dann leg ich mich aufs Ohr. Könnt ihr euch um die Pferde kümmern? Ich will nachher noch mal zu Sue und schaff es nicht, die Tiere von der Weide zurück in den Stall zu bringen.“

„Machen wir, kein Problem.“

Es war kurz nach sieben, als Ayla endlich ihre Wohnungstür aufschloss. Sie hatte den ganzen Tag kaum etwas gegessen und war furchtbar hungrig. Als ihr im Flur der Duft von Güveç in die Nase stieg, schnupperte sie erfreut. Dann blieb sie erschrocken stehen.

Die Einkäufe! Sie hatte ihrer Mutter doch versprochen, in den türkischen Supermarkt zu gehen. Dafür war es nun zu spät, Sami machte um halb acht zu.

„Du hast es vergessen!“ Ihre Mutter linste aus der Küche in den Flur und erfasste die Situation auf den ersten Blick.

„Sorry, Mama. Ich geh morgen gleich nach der Schule zu Sami und besorg die Sachen."

„Das kann doch wohl nicht wahr sein! Ich brauch die Einkäufe heute, nicht morgen. Wann soll ich das Essen denn sonst kochen? Cemal kommt doch nachmittags schon an."

„Es tut mir leid, aber auf der Ranch war die Hölle los. Ich hab es einfach total vergessen."

„Manchmal gibt es Wichtigeres als diese Ranch!" Ihre Mutter schoss aus der Küche in den Flur. Während sie in ihre Schuhe schlüpfte, riss sie die Handtasche vom Haken an der Garderobe.

„Was hast du denn jetzt vor? Der Laden macht gleich zu."

„Das weiß ich auch. Ich geh in den Supermarkt um die Ecke. Irgendwas muss ich schließlich für morgen vorbereiten."

Sie war schon fast aus der Tür, hielt dann aber noch einmal inne. „Wenn du morgen nicht pünktlich bist, dann …

„Morgen? Wovon redete ihre Mutter? Morgen musste sie zu Sue ins Krankenhaus, das hatte sie Stefan versprochen. „Was ist denn morgen?"

„Ayla! Morgen kommt dein Cousin Cemal aus der Türkei! Schon vergessen? Um 16.37 Uhr landet das Flugzeug. Und wir holen ihn ab, das ist ja wohl selbstverständlich."

„Was? Ich soll mit zum Flughafen? Aber dazu brauchst du mich doch nicht unbedingt."

„Jetzt reicht's mir aber! Dein Vater nimmt sich extra frei, um seinen Neffen abzuholen, und du hältst es nicht für nötig, uns zu begleiten. Nein, meine Liebe, so funktioniert das nicht."

„Ich kann morgen nicht mit euch zum Flughafen, Mama. Sue liegt im Krankenhaus. Ich habe versprochen, sie zu besuchen. Bitte ..."

Normalerweise hätte ihre Mutter sofort eingelenkt und nachgefragt, was Sue denn fehlte und wie es ihr ging. Heute war sie jedoch so in Rage, dass sie Aylas Worte gar nicht richtig registrierte.

„Das ist bedauerlich", sagte sie nur. „Aber Cemal ist Familie und Familie geht vor. Um halb vier bist du daheim. Sonst ..."

Der Satz blieb unvollendet. Ayla verstand die Botschaft. Der drohende Blick ihrer Mutter sagte mehr als tausend Worte.

Sie musste Stefan Bescheid geben, dass sie Sue doch nicht besuchen konnte. Aber er hatte sein Handy nicht an und bei ihm zu Hause gab es keinen Anrufbeantworter.

Cemal ist Familie. Ayla wurde richtig sauer, als ihr die Worte ihrer Mutter durch den Kopf gingen. Ihr Vater und Metin waren schließlich nur Stiefbrüder, sie hatten unterschiedliche Eltern, im Grunde genommen war sie also gar nicht richtig mit Cemal verwandt. Sue war für sie viel mehr *Familie*. Und nun lag sie im Krankenhaus und brauchte Ayla. Wie konnte ihre Mutter so herzlos sein und ihr verbieten, Sue zu besuchen?

Aylas Magen knurrte. Sie schöpfte sich drei Kellen Güveç in einen Teller und schlang den Eintopf hastig hinunter. Dann rannte sie in ihr Zimmer und ließ sich aufs Bett fallen.

Sie hörte ihren Vater im Gästezimmer hämmern. Er baute die Möbel auf, die ihre Mutter für Cemal gekauft hatte.

Ayla schnappte sich das Telefon und wählte Julianas Nummer. Glücklicherweise ging ihre Freundin direkt dran.

„*So* schlimm ist es nun auch wieder nicht“, meinte sie, nachdem Ayla ihr alles erzählt hatte. „Sue hat bestimmt Verständnis dafür, wenn du sie erst am Mittwoch besuchen kommst. Immerhin ist Cemal ja …“

„Familie, ich weiß. Ich würde diesen Blödmann am liebsten auf den Mond schießen.“

„Nun warte doch mal ab. Vielleicht ist er ganz nett.“

„WAS?“, schrie Ayla. „Ich kenn den Typ doch! Der ist nicht nett, der ist ein totales Ekel, ein Vollidiot, ein Loser …“

„Schon gut“, sagte Juliana. „Ich meine ja nur …“

„Was meinst du? Dass ich mich zusammenreißen

soll? Sag mal, steckst du mit meiner Mutter unter einer Decke? Von dir hätte ich eigentlich erwartet, dass du mich verstehst!" Bevor ihre Freundin etwas entgegnen konnte, legte Ayla auf. Es reichte. Sie hatte sich gerade wütend ein Kissen unter den Kopf geschoben und nach ihrem Buch gegriffen, da klopfte es.

Das musste ihr Vater sein, ihre Mutter klopfte niemals an, sie stürmte einfach ins Zimmer, wenn sie etwas von Ayla wollte.

„Was ist denn?", fragte Ayla unfreundlich.

„Kannst du mal rüberkommen, bitte?" Herr Maksut trug das verwaschene T-Shirt mit dem Supermann-Aufdruck, das er immer anzog, wenn es in der Wohnung etwas zu reparieren gab. Er hatte zwei linke Hände und hasste Heimwerken. „Ich brauche deine Hilfe. Ich krieg diesen verdammten Nachttisch einfach nicht zusammen. Möchte bloß mal wissen, wozu man so was braucht."

„Das frage ich mich allerdings auch", meinte Ayla, während sie hinter ihm her ins Gästezimmer stiefelte. „Ihr macht so einen Wirbel um Cemal, das ist doch nicht mehr normal. Wegen der paar Wochen, die er hier wohnen wird."

Ihr Vater reichte ihr ein Brett. „Na ja, ein halbes Jahr ist schließlich eine lange Zeit. Wir möchten, dass er sich hier schnell zu Hause fühlt."

Aylas Hände gehorchten ihr auf einmal nicht mehr.

Das Brett glitt ihr aus den Fingern und fiel krachend zu Boden.

„Pass doch auf!", sagte ihr Vater. „Meine Güte, du bist ja noch ungeschickter als ich."

Ayla starrte ihn mit offenem Mund an. „Was hast du da gesagt? Ein halbes Jahr?" Sie schluckte laut. „Soll das heißen ...?"

„Cemal bleibt bis März bei uns." Ihr Vater nickte, während er gleichzeitig nach ein paar Schrauben griff. „Hat dir das deine Mutter etwa nicht gesagt?"

Familie geht vor

Der Flug aus Istanbul hatte eine Stunde Verspätung. Und weil Aylas Eltern vergessen hatten, den Flugstatus zu überprüfen, bevor sie losgefahren waren, waren sie nun viel zu früh da und durften sich in der Empfangshalle die Beine in den Bauch stehen.

„Aber noch einmal nach Hause zu fahren, lohnt sich auch nicht“, sagte Herr Maksut.

Ich hätte locker noch ins Krankenhaus gehen können, dachte Ayla finster. Den ganzen Vormittag hatte sie vergeblich versucht, Stefan zu erreichen. Mittags hatte sie ihm eine SMS geschrieben und sich entschuldigt.

„Kein Problem, dann eben Mittwoch“, war die Antwort. „Familie geht vor.“

Familie geht vor. Wenn sie diesen Spruch noch einmal hörte, würde sie Amok laufen!

„Willst du?“, fragte ihre Mutter und hielt ihr die Zeitschrift hin, die sie vorhin am Kiosk gekauft hatte.

„Nee, danke.“

„Warum bist du denn so sauer? Ich kann doch nichts dafür, dass der Flieger zu spät kommt.“

Ayla presste die Lippen zusammen und antwortete nicht.

„Was hat Sue eigentlich?“, fragte ihre Mutter.

„Wie kommst du jetzt auf Sue?“

„Na, du hast doch gesagt, dass sie im Krankenhaus liegt.“

„Tut sie auch. Aber ich will jetzt nicht darüber sprechen.“

„Dann eben nicht.“

„Super Stimmung“, stellte Herr Maksut fest. „Da wird sich Cemal gleich wohlfühlen.“

„Hast du heute Morgen eigentlich noch mal mit dem Schulamt telefoniert? Ist es möglich, dass Cemal hier zur Schule geht?“, fragte seine Frau.

„Ja, und es scheint alles zu klappen. Es steht nur noch nicht ganz fest, auf welche Schule er gehen wird. Ob das Friederike-Fliedner-Gymnasium einen Platz frei hat, entscheidet sich am Montag. Das wäre natürlich das Allerbeste.“

Ayla zuckte zusammen. „Was? Cemal soll auch noch auf meine Schule?“, fragte sie ungläubig.

„Er kommt ja nicht in deine Klasse“, beruhigte sie ihre Mutter. „Schließlich ist er zwei Jahre älter als du.“

„Wobei, wenn sein Deutsch sehr schlecht ist, stufen sie ihn herunter“, gab Herr Maksut zu bedenken.

„Sein Deutsch *ist* schlecht“, sagte Ayla. „Du weißt

doch, dass er gerade einmal *Bitte* und *Danke* und *Guten Tag* sagen kann."

„Das war im letzten Sommer. Vielleicht hat er sich ja verbessert", erwiderte ihr Vater.

„Sicher." Ayla schnaubte verächtlich.

Dann reckte Herr Maksut den Hals und blickte auf die große Anzeigetafel am Ende der Wartehalle. „Der Flieger ist gelandet", verkündete er.

„Wurde ja auch Zeit", sagte seine Frau und verstaute die Zeitschrift in ihrer Handtasche. „Na, dann wollen wir mal."

„Du kannst dir Zeit lassen", erklärte Ayla. „Bis der durch den Zoll ist und sein Gepäck hat, dauert es noch locker eine Dreiviertelstunde."

Zuerst erkannten sie ihn alle nicht wieder. Seit dem vergangenen Jahr hatte Cemal sich wirklich verändert. Als sie ihn das letzte Mal in Kemer gesehen hatten, war er gerade einmal so groß gewesen wie Ayla, hatte kurz rasierte Haare, Pickel und war pummelig.

Und faul war er gewesen. Während der Rest der Familie im Meer schwamm, Beach-Fußball spielte oder las, lag er von morgens bis abends vor dem Fernseher und aß Gummibärchen. Als einzige Abwechslung setzte er sich ab und zu vor die Spielkonsole und ballerte auf alberne Aliens.

Beim Abendessen beteiligte er sich so gut wie nie an

der Unterhaltung, nur wenn Ayla ein türkisches Wort verwechselte oder sich versprach, korrigierte er sie mit einem fiesen Grinsen.

Am Ende des Sommers waren alle tiefbraun, nur Cemal war immer noch so weiß wie ein Fladenbrot. Und noch ein bisschen dicker als zu Ferienbeginn, jedenfalls war es Ayla so vorgekommen.

Nun hielten sie alle vergeblich Ausschau nach einem pickeligen, pummeligen, weißen türkischen Jungen. Und starrten den hochgewachsenen jungen Mann, der sich ihnen näherte, befremdet an.

„Hey, beni almaya gelmeniz ne güzel!“, begrüßte er sie auf Türkisch.

Als keiner von ihnen reagierte, wechselte er ins Deutsche: „Hallo. Wie nett von euch, dass ihr mich abholt.“

Aylas Mutter fasste sich als Erste wieder. „Cemal! Na, du hast dich aber verändert. Herzlich willkommen!“

„Also, so was!“ Herr Maksut kratzte sich hinterm Ohr und wirkte für einen Moment, als wollte er den jungen Mann nach seinem Ausweis fragen, um sicherzugehen, dass es wirklich sein Neffe war, der da vor ihm stand.

„Du bist Ayla, oder?“ Jetzt reichte Cemal Ayla die Hand. „Ich hätte dich nicht mehr wiedererkannt, wenn ich dich auf der Straße getroffen hätte. Hi.“

„Hallo. Ich dich auch nicht. Du bist groß geworden." Sie musste richtiggehend zu ihm aufblicken.

Es war nicht nur seine Größe. Er trug die Haare länger, seine Haut war leicht gebräunt und seinen Babyspeck hatte er ebenfalls verloren.

Er zuckte mit den Schultern. „*Ben de bilmiyorum, bu nasil oldu*."

„Was?" Aylas Türkisch war ziemlich eingerostet, sie hatte es so lange nicht mehr benutzt.

„Ich weiß auch nicht, wie das geschehen konnte", wiederholte Cemal auf Deutsch.

Dann grinste er. „Und was macht dein Türkisch?"

„Kann dir doch egal sein", konterte Ayla. „Du bist doch hier, um Deutsch zu lernen, oder?"

„Stimmt auch wieder."

„Cemal lernt Deutsch und du verbesserst dein Türkisch", sagte ihre Mutter. „Das hast du wirklich bitter nötig, Ayla. Vielleicht sollten wir dich ja auch mal ein halbes Jahr in die Türkei schicken."

Ein halbes Jahr ohne die Sunshine Ranch? Das würde sie nicht überleben, da war sich Ayla ganz sicher.

„Nee, lass mal", sagte sie hastig. „Cemal wird schon dafür sorgen, dass ich bald wieder fließend Türkisch spreche."

„Sagtest du gerade *wieder?*", sagte Cemal und grinste. „Oder hab ich mich da verhört?"

Herr und Frau Maksut lachten, aber Ayla zog nur

eine Grimasse. Dieser Blödmann. Äußerlich hatte er sich vielleicht verändert, aber ansonsten war er immer noch derselbe eingebildete Macho wie früher.

„Dein Deutsch ist jedenfalls hervorragend“, sagte Herr Maksut, während sie den Trolley mit Cemals Gepäck in Richtung Parkhaus schoben. „Du hast doch im letzten Sommer so gut wie kein Deutsch gesprochen, wenn ich mich recht erinnere.“

„Im letzten Sommer hat er so gut wie überhaupt nicht mit uns gesprochen“, erinnerte ihn Ayla. Aber sowohl ihr Vater als auch Cemal überhörten ihren Einwand.

„Ich habe Deutsch in der Schule. Und ich hab ziemlich viel gebüffelt, weil ich in Deutschland studieren will“, erklärte Cemal.

„Das ist ja interessant. Was willst du denn studieren?“, fragte Aylas Mutter.

Was willst du denn studieren? Das war ja lächerlich. Ayla verdrehte die Augen, was ihre Mutter zum Glück nicht sehen konnte, weil Ayla ein Stück hinter ihren Eltern und Cemal herging. Cemal war gerade einmal sechzehn, es würde noch Jahre dauern, bis er die Schule abgeschlossen und seinen Militärdienst beendet hatte.

„Medizin. Ich weiß noch nicht genau, ob ich mich für Human- oder Tiermedizin entscheide. Interessiert mich beides.“

Ayla schnappte nach Luft. „Schon mal was von Numerus clausus gehört?", fragte sie spöttisch. „Wenn du hier Medizin studieren willst, brauchst du einen Abi-Durchschnitt von 1,3 oder besser. Und ob die überhaupt Ausländer zum Studium zulassen, wag ich zu bezweifeln."

„Klar lassen die Ausländer zu. Man muss natürlich einen Aufnahmetest machen und braucht richtig gute Noten." Cemal zuckte gleichgültig mit den Schultern, als wäre das die leichteste Übung für ihn.

„Na, dann ist es ja kein Problem", meinte sie spöttisch.

Ihre Mutter drehte sich zu ihr um und warf ihr einen warnenden Blick zu. „Du hast ja auch noch ein bisschen Zeit", sagte sie zu Cemal. „Und nach einem halben Jahr hier bei uns dürfte die Sprache für dich überhaupt kein Problem mehr sein. Aber jetzt gehen wir erst mal nach Hause. Nach der langen Reise wirst du Hunger haben. Ich hab uns was Leckeres gekocht."

Na dann, guten Appetit, dachte Ayla.

Beim Essen quetschten ihre Eltern Cemal über seine Familie in Istanbul aus. Aylas Gedanken wanderten zu Sue ins Krankenhaus. Sie fragte sich, warum die Ranchbesitzerin sie sehen wollte. Ging es wirklich nur um den Unfall oder wollte Sue vielleicht mit ihr auch über Luckys Zukunft reden? Vielleicht will sie, dass ich mich statt um Saphir ab sofort um Lucky kümmere, dachte

Ayla. Immerhin haben jetzt ja alle gemerkt, dass er besonders gut auf mich zu sprechen ist.

Und Saphir? Seit über vier Jahren ritt und versorgte sie den Freiberger Wallach nun schon, er war ihr im Laufe der Zeit so ans Herz gewachsen, als wäre er ihr eigenes Pferd. Hannes würde Saphir bestimmt gern als Pflegepferd übernehmen, dachte sie. Und wunderte sich gleich darauf über sich selbst, wie leicht ihr die Vorstellung fiel, Saphir abzugeben.

Lucky braucht mich eben mehr, dachte sie. Ich bin die Einzige, die ihn versteht.

„*Bizi dinliyomusun,* Ayla?“, fragte ihre Mutter. „Wo bist du bloß mit deinen Gedanken? Du kannst dich ruhig an unserem Gespräch beteiligen.“

„Entschuldigung“, sagte Ayla. „Ich musste nur gerade an Sue denken.“

„Türkisch!“, sagte ihr Vater.

„Nein, nein“, wehrte Cemal ab. „Wir können sehr gern Deutsch sprechen.“

Streber, dachte Ayla.

„Was ist denn nun mit Sue?“, fragte ihre Mutter.

„Sie hatte einen Unfall. Es sah ziemlich schlimm aus, aber jetzt geht es ihr wieder besser.“

„Sie ist vom Pferd gestürzt“, folgerte ihre Mutter. „Ich hab’s ja schon immer gesagt, diese Reiterei ist viel zu gefährlich! Warum kannst du nicht Volleyball spielen oder Badminton?“

„*Mir* ist doch nichts passiert. Es geht um Sue."

„Aber es ist doch nur eine Frage der Zeit, bis du auch im Krankenhaus liegst. Hat Sue sich denn etwas gebrochen?"

„Nein, nein. Nur ein paar Prellungen. Es geht ihr schon wieder ganz gut." Dass die Ranchbesitzerin das Gedächtnis verloren hatte, verschwieg Ayla lieber. Sonst rief ihre Mutter noch heute Abend beim Volleyballverein an.

„Ich bin als Kind auch eine Zeit lang geritten", sagte Cemal. „Ein Freund von mir hatte Pferde. Aber meine Mutter hat sich auch immer Sorgen gemacht."

„Da hast du lieber schnell wieder aufgehört", stichelte Ayla.

„Nein, wir sind umgezogen und ich hab den Kontakt zu dem Freund verloren. Aber ich würd's gern noch mal probieren."

„Na, das wäre doch überhaupt kein Problem", sagte Frau Maksut freudig. „Ayla nimmt dich bestimmt gern mit auf die Ranch. Da kannst du ausprobieren, ob es dir immer noch Spaß macht."

Ayla starrte ihre Mutter ungläubig an. „Meinst du das ernst? Gerade liegst du mir damit in den Ohren, wie gefährlich die Reiterei ist, und nun drängst du Cemal geradezu zu diesem Mördersport. Warum meldest du ihn nicht lieber beim Volleyball an?"

Frau Maksut wurde rot und schnappte nach Luft.

Ayla konnte sich nicht erinnern, dass ihrer Mutter jemals die Worte gefehlt hatten.

Cemal starrte betreten auf seinen Teller. Ihr Vater räusperte sich. „Also wirklich, Ayla“, murmelte er unbehaglich.

Eigentlich hätte sie sich jetzt entschuldigen müssen. Aber vielleicht hätte Cemal dann wieder sein spöttisches Grinsen aufgesetzt und erklärt, dass er die Ranch gern einmal kennenlernen würde. Und die Vorstellung, dass sie ihn in den nächsten sechs Monaten nicht nur zu Hause, sondern auch auf der Ranch ertragen müsste, war einfach unerträglich. Ayla erhob sich.

„Wo willst du hin?“, fragte ihre Mutter scharf.

„Ich muss noch Hausaufgaben machen“, sagte Ayla. „Bevor wir zum Flughafen sind, war ja keine Zeit dazu.“

Sie drehte sich um und war aus dem Raum, bevor ihre Eltern widersprechen konnten.

Sue war kaum zu erkennen. Eine riesige weiße Bandage, die mit einer ockergelben Tinktur getränkt war, bedeckte die Stelle, an der sie Luckys Huf getroffen hatte. Ihre linke Gesichtshälfte war geschwollen und sie sah furchtbar erschöpft aus. Selbst ihre Locken, die sonst wild und rot leuchteten, glänzten nur matt und hingen kraftlos auf ihre Schultern.

„*Thanks,* das ist aber lieb von dir.“ Sue schnupperte mit geschlossenen Augen an dem Rosenstrauß, den

Ayla ihr mitgebracht hatte. Dann gab sie ihn an Stefan weiter, der sich auf die Suche nach einer Vase machte.

Ayla setzte sich auf den Stuhl neben dem Bett.

„Schön, dass du es geschafft hast vorbeizukommen“, sagte Sue.

„Das ist doch klar.“

„Stefan hat erzählt, dass ihr gerade Besuch aus der Türkei habt.“

„*Gerade* ist gut. Mein Cousin Cemal soll sechs Monate bei uns bleiben.“ Ayla verzog das Gesicht.

Sue lachte. „Wohl nicht deine große Liebe?“

„Nee, echt nicht. Na, ist ja auch egal. Wie geht es dir?“

„Schon viel besser. Wenn alles so weitergeht, darf ich nächste Woche sogar schon nach Hause.“ Sue seufzte. „Ich kann es kaum erwarten, dieses Krankenhaus endlich zu verlassen.“

„Kannst du dich denn inzwischen wieder erinnern?“

Sie schüttelte den Kopf. „Die letzten Wochen sind komplett aus meinem Gedächtnis gelöscht. Alles was in dieser Zeit geschehen ist, ist weg.“

„Wie furchtbar!“

„Ich habe noch Glück gehabt. Manche Menschen verlieren nach so einem Unfall ihre kompletten Erinnerungen. Sie vergessen ihren Namen, wo sie wohnen, ob sie Kinder haben und so weiter. Das ist wirklich schlimm. Dagegen habe ich nur eine relativ kleine Lücke. Und die Ärzte sagen, dass die Erinnerung vielleicht nach und nach wiederkommt."

„An welchem Punkt setzt dein Gedächtnis denn aus? Kannst du das genau festmachen?"

Sue zuckte mit den Schultern. „So ganz eindeutig lässt sich das nicht sagen. Es klingt vielleicht komisch, aber ich hab das Gefühl, dass alles weg ist, was irgendwie mit dem neuen Pferd zu tun hat."

„Mit Lucky", sagte Ayla und spürte, wie ihr Herz schneller zu schlagen begann.

„Genau. Es ist … irgendwie gruselig."

„Gruselig? Wie meinst du das?"

„Na, Lucky ist ja schuld an der ganzen Sache. Durch ihn wurde der Gedächtnisverlust überhaupt erst ausgelöst."

„Du meinst, er hat dich absichtlich getreten, damit du vergisst, woher du ihn hast?" Alya sah Sue ungläubig an.

Sue schenkte sich ein Glas Wasser ein und nahm nachdenklich einen langen Schluck. *„You're right.* Das ist lächerlich."

„Erzähl mir noch mal, wie du den Unfall erlebt hast", forderte sie dann Ayla auf. Aber als Ayla ihren Bericht beendet hatte, schüttelte sie nur traurig den Kopf. „Das sagt mir alles leider gar nichts. Das ist, als ob du über eine fremde Person sprechen würdest."

„Vielleicht musst du noch weiter in die Vergangenheit gehen, um dich zu erinnern. Deine Gedächtnislücke fängt doch mit Lucky an. Warum sprichst du nicht mal mit dem Pferdehändler, von dem du ihn gekauft hast?"

„Wenn das so einfach wäre", sagte Sue.

„Es gibt nämlich keinen Kaufvertrag", meinte Stefan, der inzwischen wieder ins Krankenzimmer getreten war. „Und ich habe auch keine Besitzurkunde von Lucky gefunden, keinen Stammbaum, überhaupt nichts."

„Ehrlich? Geht das denn? Dass man ein Pferd kauft, ohne irgendetwas schriftlich festzuhalten?"

„Theoretisch geht alles", meinte Sue. „Aber ich kann mir nicht vorstellen, dass ich mich darauf eingelassen habe. Warum hätte ich das tun sollen? Ich habe doch bestimmt für Lucky bezahlt. Und nun habe ich überhaupt keine Bestätigung, dass er mir gehört."

„Das Ganze ist mehr als sonderbar", bestätigte Stefan.

„Vielleicht findet sich der Vertrag ja noch", sagte Ayla.

Stefan schüttelte den Kopf. „Er ist nicht im Büro. Und im Haus hab ich auch nichts entdeckt. Ich habe wirklich alles durchwühlt."

„Habt ihr mal nachgesehen, ob Lucky gechipt ist?", fragte Ayla. „Dann wüssten wir doch, wem er bisher gehört hat."

Stefan schüttelte den Kopf. „Kein Chip", erklärte er. „Doktor Knopfler hat nichts gefunden. Wundert mich auch nicht, ehrlich gesagt, bei dem Zustand, in dem das Tier war."

Sue seufzte.

„Wie soll es denn nun weitergehen mit Lucky?", fragte Ayla sie. „Er steht den ganzen Tag im Stall, weil Stefan uns verboten hat, ihn zu bewegen. Aber wenn wir ihn immer nur in der Box lassen, dann wird er irgendwann durchdrehen."

Sie war sich sicher, dass Stefan nicht mit Sue über diese Entscheidung gesprochen hatte. Sue hätte niemals akzeptiert, dass man Lucky zur Einzelhaft im dunklen Stall verdonnerte. Ihrer Meinung nach brauchte ein Pferd jeden Tag Bewegung an der frischen Luft, sonst wurde es krank. Deshalb brachte sie die Tiere auch bei Wind und Wetter auf die Koppel.

Aber statt Stefan vorwurfsvoll anzusehen, nickte Sue nur nachdenklich. „Ich weiß", sagte sie.

„Du weißt was?", fragte Ayla irritiert.

„Ich weiß, dass das keine ideale Situation ist."

„Keine ideale Situation? Mehr fällt dir dazu nicht ein?"

„Ayla", sagte Sue. „Wir können Lucky nicht auf die Weide zu den anderen Tieren bringen, so lange wir nicht wissen, wie er auf sie reagiert."

„Ich könnte mit ihm spazieren gehen."

„Auf gar keinen Fall. Wir dürfen nicht riskieren, dass einem von euch etwas Ähnliches passiert wie mir. Ich habe Glück gehabt, das Ganze hätte auch tödlich enden können. Es ist einfach zu gefährlich."

„Aber wie stellst du dir das auf Dauer vor? Das kann doch nicht ewig so weitergehen. Lucky muss auf die Koppel und irgendwann muss er auch wieder geritten werden." Und die Einzige, die ihn reiten kann, bin ich, dachte Ayla.

„Ich weiß." Sues blaue Augen waren auf einmal ganz dunkel und traurig. „Aber ich habe im Moment keine Ahnung, wie ich das Problem lösen soll. Ich weiß nur, dass ich Lucky ganz bestimmt nicht reiten werde. Ich habe keine Angst vor schwierigen Pferden, Dakota ist schließlich auch alles andere als einfach. Aber im Gegensatz zu Lucky lässt Dakota sich beruhigen. Er lässt sich auf mich ein, verstehst du?"

„Woher willst du denn wissen, dass das bei Lucky anders ist?", fragte Ayla. „Du kannst dich doch überhaupt nicht an ihn erinnern."

„Aber ich kann mich erinnern", sagte Stefan ruhig. „Und Knopfler erinnert sich auch. Sue hat alles richtig gemacht, Ayla. Dass Lucky durchgeht, konnte niemand voraussehen. Es hätte jedem passieren können. Und es könnte auch in Zukunft jedem passieren, der sich ihm nähert."

„Was wollt ihr denn jetzt mit Lucky machen?" Aylas Stimme zitterte plötzlich. „Irgendetwas müsst ihr euch doch überlegt haben."

Sue öffnete den Mund, um zu antworten, aber Stefan war schneller. „Erst einmal passiert gar nichts. Lucky bleibt im Stall, solange Sue im Krankenhaus ist. In der Zwischenzeit werde ich alles versuchen, um den vorherigen Besitzer ausfindig zu machen. Ich war bereits bei der Polizei und habe eine Anzeige gegen unbekannt erstattet." Er lachte bitter. „Hätte ich mir sparen können, so desinteressiert waren die. Auf jeden Fall hab ich Luckys Bild an alle Auktionshäuser und Händler in der Umgebung gemailt und werde es auch in die Reiterforen im Internet einstellen. Vielleicht meldet sich ja jemand, der Lucky kennt."

„Und dann? Wollt ihr ihn diesem Verbrecher wieder zurückgeben, der ihn so gequält hat?"

„Nein. Aber wenn wir herausgefunden haben, woher er kommt, wissen wir zumindest mehr über die Hintergründe. Und ob Sue wirklich Luckys rechtmäßige Besitzerin ist."

„Und was bringt uns das?", wollte Ayla wissen. „Oder vielmehr: Was bringt das Lucky? Wenn er jetzt sein Leben lang nicht mehr aus diesem Stall rauskommt, dann können wir ihn genauso gut gleich umbringen."

Sie sah, wie Stefan und Sue einen schnellen Blick wechselten.

„Was habt ihr vor?", fragte Ayla.

Stefan starrte auf seine Hände, Sue blickte auf den Rosenstrauß auf ihrem Nachttisch, der in einer viel zu großen Vase versank. Sie sah jetzt noch elender aus als zu Beginn des Besuchs. Das Gespräch setzte ihr mächtig zu.

Nach einer Weile hob Stefan den Kopf und begegnete Aylas Blick. Aber was sie in seinen Augen sah, machte ihr klar, dass sie nicht weiterfragen sollte.

Nächtliche Verfolgung

Ayla fand keinen Schlaf. Als die Leuchtziffern ihres Funkweckers auf 02:00 sprangen, setzte sie sich auf und knipste das Licht an.

„Das kann doch nicht wahr sein, dass Lucky einfach so abgeschrieben wird“, sagte sie halblaut. Denn darauf würde es hinauslaufen, da war sie sich ganz sicher. Wenn sich auf Stefans Nachforschungen nach dem früheren Besitzer von Lucky niemand meldete, würde Doktor Knopfler den Hengst einschläfern.

Und natürlich wird sich niemand melden, dachte Ayla. Der ehemalige Pferdehalter war wahrscheinlich längst über alle Berge. Und selbst wenn er die Suchmeldung zur Kenntnis nahm, müsste er verrückt sein, wenn er mit Stefan und Sue Kontakt aufnahm. Dass man ihn wegen Tierquälerei anzeigen würde, lag nahe.

Vielleicht ändert Sue ihre Meinung ja noch einmal, wenn sie Lucky sieht, dachte Ayla. Die Ranchbesitzerin konnte es doch nicht zulassen, dass man ein Pferd tötete, das in seinem Leben so gequält worden war wie Lucky.

„Lucky darf nicht sterben“, murmelte Ayla.

Nach dem Besuch im Krankenhaus war sie direkt zur Sunshine Ranch gefahren. Eigentlich hatte sie vorgehabt auszureiten, Saphir war seit Tagen nicht mehr bewegt worden. Aber statt zur Pferdekoppel zu gehen und ihr Pflegepferd zu holen, marschierte sie schnurstracks in den Stall. Es war, als ob Lucky sie schon erwartet hätte. Er wieherte freudig, kaum dass sie die Stalltür aufgemacht hatte.

Der Hengst sah immer noch dürr und furchtbar klapprig aus, aber die Schwellungen auf seiner Flanke waren zurückgegangen und die Wunden am Hals, auf der Kruppe und den Beinen eiterten nicht mehr und begannen zu heilen.

„Na, du Armer?“ Ayla konnte nicht anders, sie musste Lucky einfach streicheln. Der Hengst schnaubte behaglich, als sie seinen Hals tätschelte.

„Was soll nur aus dir werden?“, flüsterte Ayla.

Sie war eine ganze Weile im Stall geblieben und Lucky hatte nicht die geringsten Anstalten gemacht, nach ihr zu schnappen oder auch nur unruhig zu werden.

Er würde mir nie und nimmer etwas tun, dachte Ayla jetzt. Aber was, wenn sich Sue nicht davon überzeugen ließ, dass Lucky harmlos war? Ayla schüttelte den Kopf. Nur nicht dran denken. Sie wollte endlich einschlafen und alles vergessen. Aber nachdem sie das Licht wieder ausgeschaltet und sich hingelegt hatte, merkte sie, dass es keinen Sinn hatte. Die Gedanken hörten nicht auf, durch ihren Kopf zu wandern, sie fand einfach keine Ruhe. Ayla stand auf und schlich auf bloßen Füßen zur Tür und den Flur entlang in die Küche. Sie öffnete den Kühlschrank: saure Gurken, eingelegte Paprika, Eier, Aufschnitt, Saft. Nichts, worauf sie Lust hatte.

Plötzlich hörte sie Schritte im Flur und fuhr mit einem leisen Aufschrei herum.

„Hay aksilik!“

Die große, dunkle Gestalt, die gerade in den Raum getreten war, zuckte ebenfalls zusammen.

„Cemal! Was willst du denn hier, mitten in der Nacht?“, zischte Ayla.

„Ich kann nicht schlafen. Sorry, wenn ich dich erschreckt habe.“

„Schon gut. Hast du Heimweh?“

„Nee. Ich bin einfach – ach, egal. Warum bist du denn noch wach?“

„Ich kann auch nicht schlafen.“

„Und was machen wir jetzt?“

„Keine Ahnung.“

„Habt ihr Milch?“, fragte Cemal und deutete mit dem Kinn auf den Kühlschrank.

„Klar.“

„Das ist gut. Milch macht nämlich müde.“

„Ach ja? Bei uns sagt man, Milch macht munter.“

„Wir probieren es aus.“ Cemal holte zwei Gläser aus dem Schrank, schenkte Milch ein und reichte eines davon Ayla. „Prost.“

Sie tranken schweigend.

„Du bist genervt, dass ich hier bin, stimmt's?“, fragte Cemal, nachdem sein Glas leer war.

Das traf den Nagel auf den Kopf. Aber irgendwie brachte Ayla es nicht fertig, das zuzugeben.

„Na ja …“, begann sie gedehnt.

„Ich geh dir bestimmt nicht auf die Nerven“, unterbrach er sie. „Keine Sorge. Ich werde keinen Ärger machen. Mir ist es total wichtig, dass ich hierbleiben kann. Ich kann unmöglich in die Türkei zurück.“

„Das klingt ja dramatisch. Warum kannst du nicht zurück?“

„Ich meine, ich will jetzt nicht zurück“, korrigierte Cemal sich hastig. „Na, ist ja auch egal.“ Er stellte sein leeres Glas in den Ausguss. „Ah. Ich merke schon, wie es wirkt.“

„Was, echt? Du wirst müde? Ich merk überhaupt nichts.“

„Warte mal ein bisschen ab. Es fängt gleich an. Am besten, du gehst zurück in dein Zimmer und legst dich ins Bett. Manchmal geht es nämlich so schnell, dass du einfach umfällst.“

„So ein Blödsinn.“

„Ist kein Blödsinn.“

Ayla stellte ihr leeres Glas ebenfalls in die Spüle. „Also gut. Hoffen wir mal, dass du Recht hast."

„Ganz bestimmt. *Iyi geceler,* Ayla."

„Schlaf auch gut, Cemal."

Eigentlich ist er ganz nett, dachte Ayla, als sie wieder im Bett lag. Auch wenn die Idee mit der Milch natürlich bescheuert war. Obwohl ... ihr Körper fühlte sich mit einem Mal bleischwer an. Sie konnte ihre Lider gar nicht mehr offen halten und ihre Gedanken purzelten wild durcheinander. Sie versuchte, sich daran zu erinnern, worüber sie vorhin nachgedacht hatte, was sie so beunruhigt hatte, aber es gelang ihr nicht. Ein letztes Gähnen, dann drehte sie sich auf die Seite und schlief ein.

Sie ritt auf Lucky über eine Wiese. Der Hengst trabte locker über das frisch gemähte Gras. Seine Flanken waren jetzt wohlgerundet, seine Mähne und das hellbraun gefleckte Fell glänzten in der Nachmittagssonne. Er strotzte vor Gesundheit und Lebensfreude. Ich hab doch von Anfang an gewusst, dass wir dich wieder hinkriegen, dachte Ayla stolz.

Sie hatten das Ende der Wiese fast erreicht, als sie hinter sich Hufgetrappel hörte.

Ayla zog die Zügel an. „Das sind Juliana und die anderen", sagte sie. „Wir warten auf sie."

Aber Lucky ignorierte das Signal. Stattdessen beschleunigte er das Tempo und wechselte vom Trab in einen leichten Galopp. „Hey, anhalten, alter Junge!" Ayla zog noch fester an den Zügeln.

Lucky warf unwillig den Kopf nach oben, wieherte schrill und lief noch schneller.

Sein Hals war plötzlich schweißnass. Er hat Angst, stellte Ayla fest. Sie warf einen Blick über die Schulter und sah die Reiter am anderen Ende des Feldes. Es waren nicht ihre Freunde von der Sunshine Ranch, sondern drei schwarz gekleidete Männer auf großen Rappen. Im gestreckten Galopp hielten sie auf Lucky zu.

Jetzt bekam auch Ayla Angst. Sie lehnte sich tief über Luckys Hals und presste ihm die Schenkel in die Seiten. „Lauf, Lucky, lauf! Sie dürfen uns nicht kriegen!"

Sie flogen über die weite Ebene.

Als sie sich nach ein paar Minuten wieder zu den Verfolgern umdrehte, bemerkte sie mit Entsetzen, dass diese ein Stück aufgeholt hatten. So schnell Lucky auch galoppierte, die schwarzen Männer waren schneller.

Luckys Augen waren panisch aufgerissen, Schaum triefte aus seinem Maul, er gab alles, er rannte um sein Leben. Aber es nützte nichts. Die Verfolger hatten sie fast erreicht. Ayla konnte ihre Pferde keuchen und schnauben hören.

Wieder warf sie einen Blick über die Schulter. Einer der Männer holte ein Lasso aus seiner Tasche. Im vollen Galopp ließ er es über seinem Kopf kreisen, dann schnellte das Seil auf Ayla zu und schloss sich um ihren Körper. Mit einem Ruck wurde sie aus dem Sattel gerissen.

„Guten Morgen, die Dame!" Schwungvoll öffnete Aylas Mutter die Zimmertür. „Hast du deinen Wecker nicht gehört? Es ist Viertel nach sieben, Frühstück steht auf dem Tisch."

„Was? Schon Morgen?" Ayla rieb sich stöhnend die Schläfen. Was für eine Nacht!

„Bist du gestern wieder nicht ins Bett gekommen? Beeil dich jetzt lieber, sonst kommst du zu spät zur Schule. Und mach im Flur nicht so einen Lärm. Cemal schläft noch."

„Na toll. Der hat's gut."

Ayla schob ihre Beine aus dem Bett und stand ächzend auf. Sie fühlte sich wie gerädert, als ob sie die Nacht wirklich auf dem Pferderücken verbracht hätte. Während sie in ihre Jeans schlüpfte, dachte sie über ihren Traum nach. Drei schwarze Männer, die Lucky verfolgten. Ob das irgendwas zu bedeuten hatte? „Blödsinn", murmelte sie halblaut.

Als sie am Gästezimmer vorbei zur Küche lief, fiel ihr das nächtliche Treffen mit Cemal wieder ein. Wie sie zusammen Milch getrunken hatten. Und was Cemal zu ihr gesagt hatte. *Ich kann unmöglich in die Türkei zu-*

rück. Was wohl der Grund dafür war? Ob ihr Cousin zu Hause was ausgefressen hatte?

Noch ein Rätsel, das es zu lösen gibt, dachte Ayla. Aber sie hatte ja jetzt sechs Monate Zeit, die Antwort herauszufinden.

Luckys zweite Chance

„Hier steckst du!“ Juliana riss die Tür auf und stürmte in die Stallgasse. Vor ein paar Tagen wäre Lucky noch verschreckt zusammengefahren, aber heute blieb er ganz ruhig. Er drehte sogar neugierig den Kopf in Julianas Richtung.

Ayla tätschelte stolz seinen Hals. Der Hengst machte sich, er wurde Tag für Tag zutraulicher und gelassener. Leider schien das außer ihr niemand zur Kenntnis zu nehmen.

„Wir wollen ausreiten. Kommst du mit?“

Ayla zögerte. Ihre Eltern waren heute beide den ganzen Tag unterwegs. „Wär schön, wenn du ein wenig früher nach Hause kommen könntest, damit Cemal ein bisschen Gesellschaft hat“, hatte ihre Mutter am Morgen noch zu ihr gesagt. „Er kennt hier doch keinen. Ich verstehe wirklich nicht, warum du ihn nicht einfach mit zur Ranch nimmst. Versetz dich doch mal in seine Lage, du amüsierst dich den ganzen Tag und er hängt nur rum und langweilt sich.“

„Saphir ist in der letzten Zeit überhaupt nicht bewegt worden!“ Julianas vorwurfsvoller Ton riss Ayla aus den Gedanken. „Die ganze Zeit kümmerst du dich nur um dieses Mörderpferd.“

Mörderpferd. So nannten die anderen Lucky inzwischen. Ayla fühlte eine Welle aus Wut in sich aufsteigen. Ihr habt doch keine Ahnung, dachte sie. Keiner von euch interessiert sich auch nur die Bohne für Lucky.

„Komm schon, Ayla.“ Juliana legte den Arm um ihre Freundin. „Draußen scheint die Sonne. Und die anderen warten schon auf uns.“

Ayla warf einen Blick auf ihre Armbanduhr. Gleich fünf. Wenn sie jetzt noch ausritt, würde es doch wieder später werden. Sie ärgerte sich über sich selbst. Warum hatte sie ihrer Mutter nicht gleich gesagt, dass Cemal nicht mit ihr zu rechnen brauchte? Sie hatte wirklich genug Probleme, da musste sie sich nicht auch noch ihren nervigen Cousin aufhalsen.

„Ich müsste eigentlich bald nach Hause“, seufzte sie. „Hab meiner Mutter versprochen, dass ich mich um Cemal kümmere.“

„Auch das noch. Sag mal, warum bringst du deinen Cousin nicht einfach mit hierher? Ist doch bestimmt tierisch langweilig für ihn, der kennt in Deutschland doch niemanden, oder?“

Ayla schüttelte ungläubig den Kopf. „Das darf doch wohl nicht wahr sein, Juliana!“

„Was?“

„Manchmal hab ich das Gefühl, dass meine Mutter dich bezahlt."

„Hä?", fragte Juliana. „Wofür sollte sie mich bezahlen? Ich versteh kein Wort."

„Macht nichts. Komm, lass uns ausreiten."

Normalerweise kam Saphir immer freudig auf Ayla zugetrabt, wenn sie am Zaun der Koppel erschien, um ihn zum Reiten zu holen. Aber heute würdigte er sie keines Blickes, er fraß einfach weiter, während sie über die Weide ging. Der Freiberger Wallach war beleidigt, weil sie sich in den letzten Tagen kaum um ihn gekümmert hatte.

„Saphir, mein Süßer." Sie holte die Möhre aus der Tasche, die sie eigentlich für Lucky eingesteckt hatte. Saphir schien einen Moment lang zu zögern, bevor er mit weichen Lippen zugriff.

„Na siehst du. Du bist doch mein Bester."

Ayla streichelte ihn hinter den Ohren, das mochte er besonders gern.

„Komm, die anderen warten schon."

Er schnaubte versöhnt, als sie ihn zum Sattelplatz hochführte.

„Jetzt aber schnell!", rief Tori ihr entgegen. „Wir wollen schließlich heute noch los."

Sie saß bereits im Sattel, ihr Quarter Horse Tibor scharrte erwartungsvoll mit den Hufen. Auch die anderen hatten ihre Pferde längst aufgezäumt und gesattelt.

„Reitet ihr doch schon mal los“, schlug Juliana vor. „Ich warte auf Ayla, und wenn sie fertig ist, kommen wir nach.“

„Hast du schon gehört, dass Sue morgen aus dem Krankenhaus entlassen wird?“, fragte Juliana, nachdem Ayla mit Saphirs Sattel und Zaumzeug aus der Sattelkammer zurückkam.

„Was, echt? Super!“

Ayla bot Saphir das Mundstück an und zog ihm das Zaumzeug über die Ohren. Dann hievte sie den Sattel von der Stange auf Saphirs Rücken.

„Hat sie ihre Erinnerung denn zurück?“

„Nee, kein Stück. Aber vielleicht fällt ihr ja alles wieder ein, wenn sie erst einmal hier ist und das Mörderpferd …“, Juliana räusperte sich, „ich meine, wenn sie Lucky sieht.“

Ayla zog die Satteldecke glatt und schloss den Sattelgurt. Auch wenn Sues Erinnerung nicht zurückkommt, dachte sie, sobald sie Lucky sieht, wird sie merken, dass es überhaupt keinen Grund gibt, sich vor ihm zu fürchten. Der Gedanke erfüllte sie mit großer Zuversicht.

„So, fertig.“ Sie rüttelte noch einmal am Sattel, dann schwang sie sich auf Saphirs Rücken. Der Wallach schüttelte erwartungsvoll die Mähne. „Los geht’s!“

„Schau mal, wie er sich freut", sagte Juliana. „Du hast ihn wirklich vernachlässigt in der letzten Zeit."

„Ach Quatsch. Saphir weiß doch, dass ich ihn liebe", meinte Ayla und tätschelte den Hals ihres Pferdes. „Aber Lucky braucht mich zurzeit einfach mehr."

Juliana antwortete nicht. Sie ritt als Erste vom Hof, sodass Ayla ihr Gesicht nicht sehen konnte, aber sie sah, wie ihre Freundin den Kopf schüttelte.

Die anderen waren schon zu weit entfernt, es gelang ihnen nicht, sie einzuholen.

„Macht nichts", meinte Juliana. „Zu zweit ist es auch schön."

„Stimmt. Seit du mit Fabian zusammen bist, sehen wir uns eh viel zu selten."

„Das musst gerade du sagen. Du sonderst dich in letzter Zeit total ab. Ich weiß wirklich nicht, warum du so einen Narren an Lucky gefressen hast. Stundenlang stehst du an seiner Box. Und das, obwohl Stefan gesagt hat, dass wir uns von ihm fernhalten sollen."

„Lucky tut mir leid. Die anderen Pferde sind zusammen auf der Koppel und er darf nicht raus. Das ist doch gemein."

„Es geht aber nicht anders. Bei aller Tierliebe, es ist einfach zu gefährlich."

Ayla musste plötzlich wieder an den Traum von letzter Nacht denken.

„Drei schwarze Reiter?", meinte Juliana schaudernd, nachdem Ayla ihr davon erzählt hatte. „Das erinnert mich an Blackrider." Juliana war vor ein paar Wochen von einem Typen gestalkt worden, den sie in einem Chatroom im Internet kennengelernt hatte. Ihre Bekanntschaft mit dem mysteriösen ‚Blackrider' – wie sich der Kerl genannt hatte – hätte sie fast das Leben gekostet. Im letzten Moment hatten ihre Freunde sie retten können.

„Vielleicht hat mir mein Unterbewusstsein einen Streich gespielt und ich hab Lucky irgendwie mit Blackrider in Verbindung gebracht", gab Ayla zu. „Aber könnte der Traum nicht auch ein Hinweis sein?"

„Ein Hinweis? Worauf?"

„Dass jemand hinter Lucky her ist. Denk doch mal nach. Sue hat offensichtlich keine Kaufunterlagen, Stefan hat weder einen Vertrag noch einen Stammbaum gefunden. Vielleicht hat Sue die Schriftstücke ja ganz bewusst vernichtet, damit Lucky nicht mehr wiedergefunden werden kann."

„Hä? Wie kommst du denn auf diese haarsträubende Geschichte? Warum sollte irgendjemand nach diesem durchgedrehten Gaul suchen? Besonders wertvoll ist Lucky bestimmt nicht. Nee, Sue hat den Kaufvertrag bestimmt nur verlegt. Du weißt doch, wie chaotisch sie ist. Irgendwann taucht er im Badezimmer unter den Handtüchern auf oder im Wäschekorb oder so."

Ayla zuckte mit den Schultern. Ihre Freundin hatte Recht, das Ganze war wirklich an den Haaren herbeigezogen.

„Vergiss Lucky", sagte Juliana. „Du verrennst dich da in eine richtig dumme Sache, Ayla."

„Ich versteh dich einfach nicht, Juliana!" Aylas Stimme klang schärfer, als sie es beabsichtigt hatte. „Hast du vergessen, wie Lucky ausgesehen hat, als Sue ihn auf die Sunshine Ranch gebracht hat? Das Pferd ist gequält und misshandelt worden und das über Wochen oder Monate. Das kann dich doch nicht kaltlassen."

„Mensch, Ayla, das weiß ich doch! Aber das ändert nichts an der Tatsache, dass Lucky jetzt gefährlich ist. Den kriegst du nicht wieder in den Griff, indem du ihn ein bisschen streichelst."

„Und da gibst du ihn lieber gleich auf? Sag mal, hast du sie noch alle?" Aylas Stimme überschlug sich fast vor Empörung. „Nur weil er einmal ausgerastet ist?"

„Immerhin hat er Sue fast totgetreten. Aber lassen wir das. Ich hab überhaupt keine Lust, mich mit dir zu streiten. Lass uns über was anderes reden."

Sie erkundigte sich nach Cemal, ein Thema, das Aylas Laune nicht gerade verbesserte.

Ayla antwortete einsilbig und irgendwann gingen Juliana die Fragen aus. Eine Weile lang ritten sie schweigend nebeneinander durch den Wald.

Dann warf Juliana einen Blick auf ihre Armbanduhr.

„Mensch, schon Viertel vor sechs. Ich hab gar nicht gemerkt, wie die Zeit vergangen ist. Ich muss schleunigst zurück. Ich hab Fabian versprochen, dass wir zusammen nach Hause fahren. Der Arme hat den ganzen Nachmittag lang Reitunterricht gegeben."

„Ja, lass uns umdrehen. Ich wollte ja eigentlich auch früher zu Hause sein."

Als Ayla Saphir mit ihren Schenkeln zum Wenden brachte, spürte sie seinen Widerstand. Er war doch gerade erst losgetrabt und nun sollte es schon wieder nach Hause gehen? Missmutig gab er schließlich nach und trottete zurück zur Ranch.

Bis sie Saphir abgezäumt, trocken gerieben und geputzt hatte und endlich nach Hause geradelt war, war es kurz vor halb sieben. Hoffentlich war ihre Mutter nicht schon da, dachte Ayla, als sie die Treppen zur Wohnung hochrannte.

„Hallo?" Ihre Stimme hallte fragend durch den Flur. Keine Antwort.

Puh. Ihre Mutter war wohl noch nicht zu Hause, sonst wäre sie schon längst in den Flur gestürzt, um Ayla zurechtzuweisen.

Cemal saß im Arbeitszimmer vor dem Computer. Er telefonierte und hatte ganz offensichtlich nicht bemerkt, dass Ayla die Wohnung betreten hatte. Obwohl sie doch eigentlich laut genug gerufen hatte.

„Geri dönmem artik", hörte Ayla ihn sagen. *Ich kann nicht mehr zurück.*

Sie musste sofort wieder an ihr nächtliches Treffen in der Küche denken. *Mir ist es total wichtig, dass ich hier bleiben kann,* hatte er gesagt.

Sie trat vorsichtig einen Schritt zurück in den Flur. Weil die Tür zum Arbeitszimmer offen stand, konnte sie Cemal immer noch hören. Aber selbst wenn er sich jetzt umgedreht hätte, hätte er sie nicht sehen können.

„Hayir, artik bana yardim edemezsin. Yapacak bir şey yok", fuhr er nun fort. *Nein, da ist nichts zu machen. Du kannst mir auch nicht helfen.*

Offensichtlich beschwor ihn sein Freund in Istanbul – oder mit wem er sonst redete –, wieder zurückzukommen, dachte Ayla.

„Ich kann nicht wieder gut machen, was passiert ist", fuhr Cemal auf Türkisch fort. „Dass ich weggegangen bin, war die beste Lösung. Vielleicht ist in ein paar Monaten Gras über die Sache gewachsen. Obwohl ich es mir im Moment beim besten Willen nicht vorstellen kann."

Er lauschte wieder in den Hörer, dann antwortete er, aber weil er nun sehr schnell sprach, konnte Ayla nur jedes dritte Wort verstehen. Verdammt, warum war ihr Türkisch nur so schlecht! Sie schnappte nur die Worte *„Yara"*, *„korku"* und *„kin"* auf.

Wunde. Angst. Hass.

Ihr Herz schlug schnell und sie presste sich an die Flurwand. In was für eine Geschichte war Cemal verwickelt? Wenn er nur nicht so schnell gesprochen hätte! Aber sie konnte ihn ja schlecht auffordern, sich zu ihr umzudrehen und alles noch mal klar und deutlich zu wiederholen.

„Ich muss Schluss machen“, hörte sie ihn jetzt sagen. „Meine Cousine kann jeden Moment nach Hause kommen.“

Nachdem sein Freund etwas erwidert hatte, lachte Cemal leise.

„Hayir, o değişmedi.“

Ayla riss die Augen auf. *Die hat sich nicht verändert.* Was sollte das denn heißen? Offensichtlich hatte sich Cemal mit seinem Freund schon öfter über sie unterhalten. Wahrscheinlich war er über sie hergezogen und hatte sich beklagt, dass Ayla sich so wenig um ihn kümmerte.

Blödmann, dachte sie wütend.

„Mach dir keine Sorgen um mich“, sagte Cemal jetzt auf Türkisch. „Ich komm schon zurecht. Du weißt ja, mit der Zeit wird alles gut …“

Dann legte er auf. Ayla schlich auf Zehenspitzen zurück zur Wohnungstür. Lautlos zog sie sie auf, nur um sie dann geräuschvoll wieder zuzuwerfen.

„Hallo!“, rief sie laut. „Jemand zu Hause?“

„Hallo!“, rief Cemal zurück. „Ich bin im Arbeitszimmer.“

Als Ayla den Raum betrat, schaltete er den Bildschirm aus und drehte sich zu ihr um. „Hi. Du bist heute aber früh dran.“ Doch dann verschwand das Lächeln wieder aus seinem Gesicht. „Was ist los? Du siehst irgendwie … sauer aus.“

„Warum sollte ich denn sauer sein?“

Ayla ließ sich auf den Sessel neben dem Schreibtisch fallen. Gut dass ihr Vater nicht sehen konnte, wie sie sich in ihren dreckigen Reitklamotten in seinen schönen Sessel fläzte.

„Keine Ahnung. Du bist hoffentlich nicht extra wegen mir so früh nach Hause gekommen.“

„Na ja, so früh ist es jetzt auch wieder nicht.“ Ayla zuckte mit den Schultern. „Und? Was hast du den ganzen Tag gemacht?“, erkundigte sie sich.

„Nicht viel, um ehrlich zu sein. Ich war ein bisschen draußen und hab mir die Gegend angesehen. Und gerade hab ich nachgeguckt, ob irgendeiner meiner Freunde auf Skype ist. Aber Fehlanzeige. Die sind alle noch unterwegs.“

Und mit wem hast du gerade so angeregt telefoniert, wenn angeblich alle unterwegs sind?, dachte Ayla. Wenn sie nur wüsste, was ihr Cousin vor ihr verbarg. Ob er etwas Schlimmes angestellt hatte? Vielleicht hatte er in der Türkei mit Drogen gedealt oder eine Bank überfallen. Schwer vorstellbar.

Für einen Dealer oder einen Bankräuber sah Cemal viel zu nett aus.

Die erfolgreichsten Verbrecher haben die unschuldigsten Gesichter, dachte sie dann und schauderte unwillkürlich. Vielleicht sollte sie mit ihren Eltern reden. Obwohl die ihr bestimmt kein Wort glauben würden. Sie hatte ja auch nichts Genaues in der Hand. Ein paar Andeutungen, die ihr Cousin ihr gegenüber gemacht hatte, ein paar Bemerkungen, die sie aufgeschnappt hatte. Mehr nicht. Und doch war sie sich ganz sicher, dass mit Cemal etwas nicht stimmte.

„Und du? Was hast du heute so angestellt?“, erkundigte sich Cemal.

„Ich war auf der Ranch. Wie immer. Riecht man doch, oder?“

Cemal rümpfte die Nase und lachte. „Stimmt. Bist du ausgeritten?“

„Ja. Ich hab ein Pflegepferd, für das ich allein verantwortlich bin. Das muss regelmäßig geritten werden.“

„Klingt gut.“ Seine Stimme klang auf einmal sehnsüchtig.

„Du reitest schon lang, oder?“, fragte er dann.

„So lang ich denken kann. Ich kann mir ein Leben ohne die Ranch gar nicht mehr vorstellen.“

„Wow.“

„Meine Eltern sind allerdings nicht so begeistert von der Sache. Vor allem meine Mutter ist dagegen. Aber das hast du ja mitbekommen."

„Eltern. Man kann es ihnen nie recht machen."

„Ach komm. Deine Eltern sind doch bestimmt superzufrieden mit dir", meinte Ayla spöttisch. „Ein Sohn, der freiwillig ins Ausland geht, um die Sprache zu lernen und dann Medizin zu studieren, das ist doch der Traum aller Eltern."

Cemal lächelte schief. „Na ja", sagte er bloß unglücklich.

Er verrät mir nichts über sich, erkannte Ayla. Wenn ich erfahren will, warum er solche Angst davor hat, zurück nach Istanbul zu fahren, dann muss ich zuerst sein Vertrauen gewinnen.

„Komm doch morgen mal mit", schlug sie vor. „Ist bestimmt interessanter auf der Ranch, als den ganzen Tag hier rumzuhängen. Vielleicht kannst du ja ein paar Reitstunden nehmen. Der Freund meiner besten Freundin unterrichtet die Anfänger – der macht bestimmt einen Sonderpreis für dich." Noch während sie redete, fragte sie sich, ob das nicht zu dick aufgetragen war. Vor ein paar Tagen hatte sie ihrer Mutter eine Szene gemacht, als diese vorgeschlagen hatte, Cemal mit auf die Ranch zu nehmen. Und nun lud sie ihn selbst ein. Vielleicht hätte sie das Ganze langsamer und unauffälliger angehen sollen.

„Echt?“ Cemals Gesicht leuchtete auf. „Das wär super. Ich würd sehr gern wieder reiten. Aber wahrscheinlich würde ich mich total blamieren.“

Da kannst du Gift drauf nehmen, dachte Ayla finster. Und wahrscheinlich blamierst du nicht nur dich, sondern auch mich.

„Ich kann mich aber nicht um dich kümmern“, warnte sie ihn. „Ich hab auf der Ranch total viel zu tun, mit Saphir und den anderen Pferden ...“

„Kein Problem. Ich komm schon zurecht, du musst keine Angst haben, dass ich dir ständig ... wie sagt man im Deutschen: am Rock hänge?“

„Dass du an meinem Rockzipfel hängst.“

„Genau. Ich werde nicht an deinem Rockzipfel hängen. Ich freu mich nur, wenn ich endlich mal hier rauskomme.“

„Also, abgemacht. Morgen kommt auch Sue aus dem Krankenhaus wieder, die Ranchbesitzerin. Dann lernst du sie auch gleich kennen.“

„Warum war sie denn im Krankenhaus?“

„Ach, das ist eine lange Geschichte.“

In der Wohnungstür ging der Schlüssel.

„*Benim!* Bin wieder zu Hause“, jubelte die Stimme von Frau Maksut durch den Flur.

„Na, so was“, sagte sie, als sie ins Arbeitszimmer kam und Ayla zusammen mit ihrem Cousin erblickte. „Man erlebt immer noch Überraschungen. Bist du schon länger zu Hause, Ayla, oder gerade eben erst eingetroffen?“

„Schon eine ganze Weile“, log Ayla mit einem nervösen Seitenblick auf Cemal.

Cemal nickte unschuldig. *„Biz Türkçe konuşiyoruz.“* *Wir unterhalten uns auf Türkisch.* Das war nun doch zu viel des Guten.

Frau Maksut sah sie misstrauisch an.

„Und morgen kommt Cemal mit auf die Ranch“, schob Ayla hastig hinterher.

Das Misstrauen verflog. Ihre Mutter strahlte.

„Na, das ist ja prima“, sagte sie zufrieden.

„Hoffentlich bricht sich Cemal nichts“, fügte Ayla boshaft hinzu. „Reiten soll ja irre gefährlich sein.“

Nachdem er den Wagen geparkt hatte, rannte Stefan um das Auto herum und öffnete mit einer galanten Verbeugung die Beifahrertür für Sue, so als wäre sie ein Filmstar und er ihr Chauffeur.

Sue hielt sich an seinem Arm fest, als sie ausstieg. Wie zerbrechlich und schwach sie aussah, stellte Ayla erschrocken fest. Im Krankenhaus musste sie ein paar Kilo abgenommen haben. Dabei war sie doch nur etwas länger als eine Woche weg gewesen.

„Willkommen daheim“, sagte Stefan und küsste sie.

Ayla, Juliana, Fabian und Tom klatschten. Cemal, der neben Ayla stand, blickte etwas verwirrt von einem zum anderen. Wahrscheinlich fragte er sich, ob er auch klatschen sollte. Ayla hatte ihn den anderen gerade vorgestellt, als der Wagen mit Stefan und Sue auf den Hof gefahren war.

Jetzt löste sich Sue von Stefan. Sie blickte sich um, als sähe sie die Sunshine Ranch und die Jugendlichen vor dem Stall zum ersten Mal. „*Hi, there ...*“, begann sie zögernd. Weiter kam sie nicht.

Mit aufgeregtem Bellen kam Washington aus dem Stall gestürzt. Der schwerfällige Neufundländer galoppierte wie ein Rennpferd über den Hof und stürzte sich schwanzwedelnd auf seine Herrin, die er so lange vermisst hatte. Hinter ihm sprintete Heinrich auf sie zu, auch er bellte, wedelte fröhlich und sprang dann an Stefan hoch.

„Washington, *old boy! Good to see you.*“ Sue wuschelte mit beiden Händen durch Washingtons dunkelbraunes Fell. „*O my god!*“, rief sie dann. „Ich glaube, du hast abgenommen!“

Washington bellte aufgeregt und warf sich vor ihr auf den Rücken, damit sie seinen immer noch sehr runden Bauch streicheln konnte. In den letzten Tagen hatte er seine Nahrungsaufnahme tatsächlich auf das Allernötigste beschränkt. Dutzende Male am Tag war er zum Tor gelaufen, um nachzusehen, ob Sue nicht endlich zurückkam. Alle Versuche, ihn aufzumuntern, waren fehlgeschlagen.

„Ich glaube, ich muss öfter mal ins Krankenhaus."
Sue lachte. „Die schlanke Linie steht dir gut. Du siehst endlich wieder aus wie ein Hund und nicht wie ein Walross."

„Bitte nicht", sagte Stefan.

„Das mit dem Krankenhaus, meine ich", erklärte er, als Sue verständnislos zu ihm hochsah. „Wir haben uns nämlich mächtig Sorgen um dich gemacht."

„Das stimmt!", rief Tori, die gerade mit Tibor am Halfter auf den Hof kam. „Mach das bloß nicht wieder, Sue. Lieber ein fetter Washington als eine kranke Sue."

„*You're right.* Ich bin auch nicht scharf darauf, die Erfahrung zu wiederholen."

Sie sah plötzlich wieder ernst aus.

„Ist denn sonst alles okay hier?"

„Alles bestens", versicherte Stefan. „Komm, wir machen einen kleinen Spaziergang über die Ranch. Dann kannst du dich selbst davon überzeugen."

„Warte mal", erwiderte sie. Dann wies sie mit dem Kopf auf den Stall. „Ist er da drin?"

„Lucky?"

Sue nickte.

„Ja. Aber du musst jetzt nicht ..."

„Ich möchte ihn sehen. Vielleicht bringt das ja meine Erinnerung wieder."

Stefan zuckte mit den Schultern. Er wirkte alles andere als begeistert von der Idee. Aylas Herz schlug auf einmal rasend.

Jetzt war es so weit. Sue würde auf den ersten Blick erkennen, dass Lucky keine Gefahr darstellte. Für sie selbst nicht und für keinen anderen.

Ein harmloses, ruhiges Pferd.

Cemal, der immer noch neben ihr stand, schien ihre Aufregung zu spüren.

„*Ne oldu?*“, fragte er. *Was ist los?*

Ayla ignorierte ihn. Es gefiel ihr nicht, dass er Türkisch mit ihr sprach. Das wirkte ja so, als ob sie Geheimnisse vor den anderen hätten.

Aber sie hatte jetzt keine Zeit, sich über Cemal zu ärgern.

Sie musste ruhig bleiben. Sonst übertrug sich ihre Aufregung auf Lucky und das wäre schlecht, ganz schlecht.

Sie atmete langsam ein und aus und spürte, wie sich ihr Herzschlag wieder normalisierte. Aber als sie vor Sue in den Stall gehen wollte, hielt die Ranchbesitzerin sie zurück.

„Warte, Ayla“, sagte sie. „Ich möchte allein mit ihm sein.“

„Du möchtest … was?“, stammelte Ayla erschrocken. „Aber das ist … keine gute Idee. Es ist besser, wenn ich …“

„Ayla“, sagte Sue. „Ich arbeite jetzt schon seit Jahrzehnten mit Pferden. Ich weiß, wie man mit ihnen umgeht. Du kannst mir vertrauen." In ihrer Stimme schwang ein leiser Spott mit.

„Okay", murmelte Ayla, aber sie spürte, dass es nicht okay war. Es wäre viel besser gewesen, wenn sie vorangegangen wäre.

„Wie wär's, wenn wir alle erst mal ins Haus gehen?", schlug Stefan vor. „Ich hab Erdbeerkuchen gekauft ..."

„Geht ihr vor. Ich komme gleich nach. *Just a minute*", sagte Sue.

Stefan seufzte, dann nickte er resigniert. „Also gut."

Nachdem Sue im Stall verschwunden war, öffnete Ayla die Tür einen winzigen Spaltbreit und linste hinein. Cemal war ein Stück zur Seite getreten, die anderen fünf standen direkt hinter Ayla und reckten neugierig die Hälse.

Alle gegen Lucky

Ayla sah, wie Sue langsam die Stallgasse entlangging. Lucky hob sofort den Kopf, als er hörte, dass sich jemand näherte. Aber noch schien er ganz ruhig und gelassen.

Jetzt kommt es drauf an, dachte Ayla. Sie knetete nervös ihre Finger, die auf einmal schweißnass waren. Wie gern wäre sie neben Lucky gestanden und hätte ihn gestreichelt.

„*Hi, nice to meet you*", sagte Sue leise und streckte behutsam die Hand nach dem Hengst aus, damit er sie beschnuppern konnte.

Zu Aylas Verwunderung legte Lucky die Ohren an und fletschte die Zähne. Gleichzeitig wich er zurück. Wie damals, als Ayla ihn zum ersten Mal gesehen hatte, drängte er sich gegen die Rückwand der Box.

„*What's wrong?*", fragte Sue. Auch sie trat jetzt ein paar Schritte zurück, um Lucky nicht das Gefühl zu geben, dass sie ihn bedrohte.

„*Calm down*", sagte sie leise.

Hinter Ayla begann Washington zuerst zu jaulen,

dann zu bellen. Stefan packte ihn am Halsband und versuchte, ihn zu beruhigen. Ohne Erfolg. Stefan selbst war ja vermutlich nicht weniger aufgeregt als der Neufundländer.

Ayla schlüpfte in den Stall und schloss die Tür hinter sich, wodurch Washingtons Gebell gedämpft wurde.

Sue schien die Aufregung auf dem Hof gar nicht zur Kenntnis zu nehmen.

„*Everything's okay*", versicherte sie Lucky.

Aber nichts war in Ordnung. Lucky versuchte, sich aufzubäumen. Die Vorderhufe knallten zu Boden, dann donnerten die Hinterläufe gegen die Boxenwand. Einmal, noch einmal. Sein Maul stand plötzlich voller Schaum, die blauen Augen sprühten förmlich.

Washingtons Gebell wurde einen Moment lang noch lauter, dann verstummte es. Offensichtlich hatte Stefan oder einer der anderen ihn ins Haus gezerrt.

Sue holte ein Stück hartes Brot aus dem Sack, der am Ende der Stallgasse an einem Haken hing. Langsam trat sie wieder zurück an Luckys Box. Sie streckte die Hand aus und bot ihm das Brot an.

„*There you are. No reason to panic*", hörte Ayla sie murmeln.

Lucky zögerte einen Moment lang. Aus weit aufgerissenen Augen starrte er Sue an.

Das wird nichts, dachte Ayla. Er hat totale Angst vor dir, merkst du das nicht, Sue?, wollte sie rufen. Aber sie brachte keinen Ton heraus. Stumm vor Aufregung beobachtete sie, wie Sues offene Hand sich der Box näherte. Wie Sues Lippen sich bewegten, aber was sie sagte, konnte Ayla nicht mehr verstehen, ihr Herz schlug viel zu laut und das Blut rauschte in ihren Ohren.

Auf einmal schoss Luckys Kopf nach vorn.

Mit geblähten Nüstern und gefletschten Zähnen schnappte er nach Sues Hand. Wenn sie sie nicht in letzter Sekunde weggerissen hätte, hätte er sie erwischt und womöglich schwer verletzt.

Ayla hielt den Atem an. Sue stand wie versteinert in der Stallgasse. Der Hengst schien ebenfalls erschrocken über seinen eigenen Ausbruch. Nun drängte er sich wieder nach hinten, gegen die Wand des Verschlags.

Sue wandte sich um und entdeckte Ayla in der Stallgasse. „*He's mad*", flüsterte sie. „*Er ist total verrückt.*"

„Er ist nicht immer so", versuchte Ayla zu erklären. „Wenn ich mit ihm allein bin, dann ..."

„Dieses Pferd ist gefährlich!", fiel Sue ihr ins Wort. Sie war ganz blass und ihre Hände zitterten.

„Sue, Lucky ist in Wirklichkeit ..."

„Du gehst nicht mehr zu ihm, hörst du?", unterbrach Sue sie erneut. „Lucky ist unberechenbar. Wir können ihn nicht auf der Ranch behalten, es ist nicht zu verantworten." Bevor Ayla noch etwas einwenden konnte, war sie an ihr vorbei nach draußen geeilt. Sie stürzte sich in Stefans Arme.

„Ist ja schon gut." Er drückte sie an sich und streichelte ihren Rücken. „Alles okay, Sue."

„Und?", fragte Juliana, nachdem Sue wieder ruhiger war. „Ist dir irgendetwas eingefallen?"

Sue schüttelte den Kopf. *„Nothing.* Aber das ist auch nicht notwendig. Ich weiß auch so, was jetzt zu tun ist."

Ayla war am Ende. Sie hatte mit Engelszungen auf Sue eingeredet, sie hatte geweint, gejammert, sogar gedroht. „Wenn du Lucky umbringen lässt, dann setze ich keinen Fuß mehr auf die Sunshine Ranch."

Es war alles umsonst.

Sue ließ einfach nicht mit sich reden.

„Ich bin die letzte Person der Welt, die ein Tier quälen würde", sagte sie. „Und ich gebe Lucky auch nicht leichtfertig auf. Wenn ich mir nicht hundertprozentig sicher wäre, dass er gefährlich ist, würde ich es noch einmal mit einer Therapie versuchen. Aber Lucky ist sofort ausgerastet und auf mich losgegangen."

„Das hat er bei mir noch nie gemacht."

„Das mag ja stimmen, Ayla", erklärte Sue ernst. „Vielleicht macht er bei dir eine Ausnahme, weil er dich akzeptiert und keine Angst vor dir hat – aber was nützt uns das? Hier auf der Sunshine Ranch gibt es auch andere Menschen. Kinder zum Beispiel, die zum Reiten kommen und sich nicht mit Pferden auskennen. Und die anderen Pferde könnte er ebenfalls verletzen. Ich kann nicht riskieren, dass ein Mensch oder ein Tier durch ihn zu Schaden kommt."

„Das sehe ich genauso." Stefan nickte. „Obwohl ich in letzter Zeit das Gefühl hatte, dass er ruhiger geworden ist. Aber der Ausbruch von gerade eben beweist, dass er unberechenbar ist."

„Bitte, Sue", jammerte Ayla. „Gib ihm noch eine Chance. Sprich mit Knopfler, er wird dir auch sagen, dass sich Lucky in der letzten Woche total unauffällig verhalten hat."

„Natürlich rede ich mit Knopfler", sagte Sue. „Was denkst du denn? Du kannst mir glauben, dass mir das Ganze alles andere als leichtfällt." Ihre Stimme zitterte und in ihren Augen schwammen Tränen.

„Schluss jetzt", entschied Stefan. „Du warst bis vor Kurzem im Krankenhaus, Sue, und die Ärzte haben dich nur entlassen, weil wir ihnen versprochen haben, dass du dich schonst. Das hier ist alles zu viel für dich. Du gehst jetzt ins Haus, ich mach uns einen Tee und dann legst du dich hin."

„Könnte ich vielleicht …?", begann Ayla.

„Nein, Ayla", unterbrach sie Stefan. „Es reicht. Lucky bleibt erst mal im Stall, ihr haltet euch fern von ihm, auch du. Gerade du. Alles Weitere entscheiden wir später."

Er legte einen Arm um Sue und führte sie zum Haus. Die beiden Hunde folgten ihnen wie Leibwächter. Ayla blickte ihnen nach, bis die Tür hinter ihnen ins Schloss gefallen war. Ihr Gesicht glühte, als habe man ihr eine Ohrfeige versetzt.

„Komm, Ayla." Juliana legte behutsam eine Hand auf Aylas Arm. „Ich kann mir vorstellen, wie du dich jetzt fühlst. Aber …"

„Nichts kannst du!" Ayla schüttelte die Hand ab und funkelte sie und die anderen wütend an. „Euch ist es doch allen nur recht, wenn Lucky stirbt. Meint ihr, ich hätte nicht mitbekommen, dass ihr ihn *Mörderpferd* nennt? Keiner von euch hat ihm auch nur die Spur einer Chance gegeben. Wenn Sue ihn wirklich einschläfern lässt, seid ihr mit schuld. Ich hasse euch alle!"

„Ayla!" Fabian trat jetzt neben sie. „Nun raste doch nicht gleich aus. Ich rede mit meinem Vater, vielleicht fällt ihm ja doch noch eine andere Lösung ein, als Lucky zu töten. Sue braucht jetzt erst mal Ruhe, das ist das Wichtigste." Er legte ihr die Hand auf die Schulter, aber Ayla riss sich los. Sie rannte zu ihrem Fahrrad und raste vom Hof.

Erst als sie auf der Straße war, die zur Siedlung führte, fiel ihr auf, dass sie Cemal auf der Ranch zurückgelassen hatte.

Sie drehte trotzdem nicht wieder um. Cemal hatte das alte Fahrrad ihrer Schwester ausgeliehen, er würde den Rückweg schon alleine finden. Sie konnte sich jetzt nicht um ihn kümmern. Sollten die anderen ihm doch erklären, was es mit Lucky auf sich hatte.

Glücklicherweise war die Wohnung leer, als sie nach Hause kam.

Ayla warf sich auf ihr Bett, vergrub den Kopf in den Armen und weinte. Sie dachte an Luckys schöne blaue Augen, die ihr jeden Tag so vertrauensvoll entgegenblickten. Du bist mein einziger Freund, sagte sein Blick. Ich darf es nicht zulassen, dass sie dir etwas antun, dachte Ayla.

Vielleicht fällt meinem Vater ja noch eine andere Lösung ein, hörte sie Fabian wieder sagen. Vorhin auf der Ranch hatte sie das als leeres Gerede empfunden. Jetzt erkannte sie, dass es ihre letzte Hoffnung war.

Doktor Knopfler hatte Lucky jeden Tag gesehen und untersucht, er hatte als Einziger mitbekommen, dass er im Grunde ein ruhiges, ausgeglichenes Pferd war. Ein bisschen scheu, aber keineswegs gefährlich.

Solange Sue nicht in seiner Nähe war.

Ayla richtete sich wieder auf und wischte sich die Tränen aus dem Gesicht.

Stimmte das? War Sue wirklich die Einzige, auf die Lucky so heftig reagierte? Stefan hatte vorhin ebenfalls gesagt, dass der Hengst ruhiger geworden sei.

Aber warum rastete der Hengst in Sues Gegenwart aus? Sie kannte sich hervorragend mit Pferden aus, sie hatte alles richtig gemacht, das hatte Ayla mit eigenen

Augen gesehen. Dennoch war Lucky in Panik geraten. Wenn er nicht in der Box gestanden hätte, hätte er Sue erneut niedergetrampelt, da war sich Ayla sicher.

„Irgendetwas macht ihm Angst“, murmelte Ayla. Aber was?

Ob es ein Geruch war? Vielleicht Sues Parfüm, ihre Bodylotion oder ihr Shampoo? Oder eine Farbe? Ihre langen roten Haare? Vielleicht erinnerten sie Lucky an etwas Unangenehmes aus seiner Vergangenheit.

Ayla seufzte. Vielleicht war sie aber auch auf dem Holzweg. Wenn sie wenigstens einen der anderen hätte um Rat fragen können, aber nach Sues Unfall traute sich ja keiner mehr zu dem Hengst.

Außer Doktor Knopfler natürlich.

Ayla hatte seine Telefonnummer in ihrem Handy eingespeichert. Kurz entschlossen rief sie ihn an. Inzwischen war es fast sechs Uhr, aber der Tierarzt war noch in seiner Praxis.

„Fabian hat mir schon erzählt, was geschehen ist“, meinte er. „Tja, dieses Pferd ist wirklich sonderbar. Eigentlich wirkt es inzwischen einigermaßen stabil. Aber das täuscht. Ich hab genau wie Sue die Erfahrung gemacht, dass manchmal Kleinigkeiten genügen, um Lucky zum Ausflippen zu bringen. Neulich zum Beispiel hat mein Handy geklingelt, ich bin drangegangen und aus heiterem Himmel begann Lucky zu toben, und wie. Er hätte beinahe die ganze Box zertrümmert.“

„Was? Das kann ich mir überhaupt nicht vorstellen. Ich war doch in den letzten Tagen öfter mit ihm allein und auch mein Handy hat ab und zu geklingelt. Aber das hat ihn vollkommen kaltgelassen. Er hat nicht mal mit der Wimper gezuckt."

„Das ist es ja gerade das Besorgniserregende", meinte Knopfler ernst. „Diese Unberechenbarkeit. Manchmal reagiert Lucky cool und gelassen und ein anderes Mal gerät er in haargenau derselben Situation außer sich."

Das war allerdings wirklich seltsam, das musste Ayla zugeben. Und Luckys panische Reaktion auf das Handyklingeln zerstörte leider auch ihre Theorie, dass seine Ausbrüche etwas mit Sue zu tun hatten.

Trotzdem, dachte sie. Knopfler hatte gerade selbst gesagt, dass Lucky im Großen und Ganzen einen stabilen Eindruck gemacht hatte. Das war der Punkt, an dem sie ansetzen musste.

„Stellen Sie sich mal vor", Ayla holte dramatisch Luft, „Sue denkt darüber nach, Lucky zu töten."

Schweigen am anderen Ende der Leitung.

Warum sagte Doktor Knopfler denn nichts, warum protestierte er nicht?

„Herr Knopfler?", fragte Ayla vorsichtig.

„Ich bin noch dran."

„Haben Sie gehört, was ich gesagt habe? Sue will Lucky …"

„Ich habe dich verstanden." Knopfler seufzte. „Es

ist eine schwierige Entscheidung. Tiere sind keine Maschinen. Man kann kein Ersatzteil einsetzen oder auf irgendeinen Knopf drücken, damit sie wieder funktionieren. Manchmal ist man als Tierarzt hilflos, besonders wenn es um psychische Störungen geht. Wenn ein Pferd so gequält worden ist wie Lucky, dann lässt sich das oft nicht wiedergutmachen. Verstehst du, was ich meine?"

„Nein", sagte Ayla. „Ich verstehe kein Wort. Lucky benimmt sich vollkommen normal, wenn er mit mir zusammen ist."

Knopfler seufzte erneut. „Ich rede noch einmal mit Sue", versprach er dann. „Wir setzen uns zusammen und überlegen, was wir für Lucky tun können. Ich kann dir versichern, dass wir bestimmt nicht leichtfertig entscheiden, wie es nun mit ihm weitergeht."

Dasselbe hatte Sue auch gesagt.

Ayla spürte, wie sie wieder wütend wurde. Am liebsten hätte sie einfach aufgelegt. Reiß dich zusammen, beschwor sie sich selbst. Wenn sie Knopfler jetzt verärgerte, würde das Lucky bestimmt nichts nützen.

„Okay", sagte sie betont ruhig. „Ich verlasse mich darauf, dass Sie mich auf dem Laufenden halten. Ich hänge nämlich sehr an Lucky."

„Das ist uns allen bewusst, Ayla", erwiderte Knopfler. „Du kannst uns vertrauen."

Tu ich aber nicht, dachte Ayla und legte auf. Knopfler war genau wie Sue und Stefan – auch er hatte Lucky bereits aufgegeben.

Wenn sie den Hengst retten wollte, musste sie Zeit gewinnen. Genügend Zeit, um den anderen zu beweisen, dass Lucky kein Mörderpferd war. Aber das war leichter gesagt als getan. Alle schienen es ja kaum erwarten zu können, Lucky unter die Erde zu bringen.

Hilfe von unerwarteter Seite

„Ayla? Na, so was! Du bist schon zu Hause?“

Ayla fuhr erschrocken zusammen, als plötzlich ihre Mutter vor ihrem Bett stand. Nach dem Gespräch mit Knopfler musste sie doch tatsächlich eingenickt sein. Wie lange hatte sie wohl geschlafen? Eine Stunde? Fünf Minuten?

„Wie spät ist es?“, fragte sie entgeistert.

„Sieben. Cemal ist nicht in seinem Zimmer.“

Ayla rieb sich die Augen. „Er ist noch auf der Sunshine Ranch.“

„Allein?“

„Natürlich nicht. Die anderen sind auch da. Er hat eine Reitstunde genommen. Bei Fabian“, fabulierte Ayla. „Aber ich konnte nicht auf ihn warten, mir geht’s nicht gut.“

„Bist du krank?“

„Ich glaube schon.“ Ayla bemühte sich um einen leidenden Gesichtsausdruck. In Anbetracht ihrer Stimmung fiel ihr das nicht schwer.

Ihre Mutter wirkte trotzdem alles andere als überzeugt. „Wie lange hat Cemal denn Reitunterricht?“, fragte sie misstrauisch. „Soll ich ihn abholen?“

„Mama! Cemal ist doch kein Baby mehr. Er hat Ülküs Fahrrad ausgeliehen. Und der Weg zurück ist nicht allzu schwer zu finden. Ich meine, Cemal kommt aus Istanbul, der wird sich ja wohl hier in der Siedlung zurechtfinden …“

„Trotzdem. Das Ganze gefällt mir nicht.“

Bevor sich Ayla rettungslos in ihrer eigenen Lügengeschichte verstrickte, ging glücklicherweise die Wohnungstür.

„*Alo?*“ Schon steckte Cemal den Kopf ins Zimmer. Hoffentlich war er nicht allzu sauer auf Ayla. Wenn er sie bei ihrer Mutter verpetzte, würde es richtig Ärger geben. Und darauf konnte sie im Moment wirklich verzichten.

„Wie war der Reitunterricht?“, fragte sie hastig, bevor er auch nur die Chance hatte, etwas zu sagen. „Ich hoffe, es war okay, dass ich abgehauen bin. Aber mein Kopf …“ Sie verstummte und verzog gequält das Gesicht.

Cemal starrte sie einen Moment lang verständnislos an, dann huschte ein Grinsen über sein Gesicht.

„Toll“, sagte er. „Die Reitstunde hat echt Spaß gemacht. Der Reitlehrer, dieser …“

„… Fabian“, half ihm Ayla.

„… dieser Fabian sagt, dass ich richtig gut bin. Er

konnte es gar nicht glauben, dass ich jahrelang nicht mehr auf einem Pferd gesessen habe. Er findet meine Technik ziemlich professionell." Er bedachte Ayla mit einem triumphierenden Lächeln.

Angeber, dachte Ayla.

„Und wie geht es deinem Kopf?", fragte Cemal übertrieben besorgt.

„Gut", sagte Ayla schnell. „Ach nee, ich meine natürlich ... gar nicht gut, aber ein bisschen besser. Ich leg mich zur Vorsicht gleich wieder hin."

„Kein Abendessen?", fragte ihre Mutter. „Ich mache türkische Pizza."

Türkische Pizza. Das war Aylas Lieblingsessen. Aber wenn sie jetzt einknickte, wäre es wirklich vorbei mit ihrer Glaubwürdigkeit.

„Lieber nicht", erklärte sie matt. Ihr Magen knurrte vorwurfsvoll. Sie ließ sich wieder aufs Bett fallen und schloss die Augen.

Das Magenknurren wurde immer schlimmer. Aus der Küche drang der köstliche Duft von türkischer Pizza.

Ich halt das nicht mehr aus, dachte sie. Sie wollte sich gerade auf den Weg ins Esszimmer machen, als es an der Tür klopfte. Ihre Mutter konnte das nicht sein, die klopfte nie, und ihr Vater war nicht da. Blieb nur noch Cemal. „Was willst du denn?", fragte sie mürrisch, nachdem sie die Tür geöffnet hatte.

„Pizzaservice“, sagte Cemal. Hinter seinem Rücken zog er einen Teller hervor, auf dem ein paar Pizzastücke lagen.

„Wow!“

„Sind allerdings leider schon kalt“, meinte er. „Aber ich musste warten, bis deine Mutter die Küche verlassen hatte. Sonst wär sie bestimmt misstrauisch geworden.“

„Danke! Mann, ich hab so einen Hunger.“

Während sie über die Pizza herfiel, nahm er auf ihrer Bettkante Platz.

„Hast du wirklich eine Reitstunde genommen?“, fragte sie mit vollem Mund.

„Nee. Das haben wir nicht mehr geschafft. Fabian hat gesagt, dass er ab übermorgen Zeit für mich hat.“

„Na also. Da kannst du dann beweisen, was in dir steckt“, meinte Ayla spöttisch.

„Hoffentlich fall ich nicht runter. Bin ein bisschen nervös“, gab er zu.

„Ach so?“

Cemal lachte. „*Afedersin,* dass ich vorhin so übertrieben habe. Aber ich konnte der Versuchung nicht widerstehen.“

„Schon gut. War ja auch nicht nett von mir, dich einfach auf der Ranch zurückzulassen.“

Cemal winkte ab. „Schon okay. Deine Freunde sind echt in Ordnung.“

Ayla musste wieder an Lucky denken und zuckte mit den Schultern.

„Wir haben über dieses Pferd gesprochen. Ist ja ein Ding ... und dass die Ranchbesitzerin ihr Gedächtnis verloren hat ..." Cemal schüttelte den Kopf.

Ayla wollte gar nicht genau wissen, was die anderen ihm alles über Lucky erzählt hatten. *Das Mörderpferd. Besser, wenn man es so schnell wie möglich aus dem Weg schafft, damit endlich wieder Ruhe auf der Ranch ist.*

Cemal räusperte sich. „Du glaubst nicht, dass Lucky so ... wie sagt man ‚*deli*' auf Deutsch?"

„Verrückt."

„Dass Lucky so verrückt ist, wie Sue denkt?"

„Nein. Ich glaube nur, dass er ziemlich verängstigt ist. Aber Sue will ihn umbringen, weil sie ihn für gemeingefährlich hält. Das ist totaler Quatsch!" Ayla schnaubte verächtlich.

„Aber irgendetwas stimmt doch nicht mit diesem Hengst. Ich hab ja mitbekommen, wie er lostobte, als Sue sich ihm genähert hat. Also, ich hätte auch Angst vor ihm."

„Aber solange wir nur so wenig über ihn wissen, dürfen wir ihn doch auch nicht töten."

Cemal nickte nachdenklich. „Die anderen haben erzählt, dass er von seinem früheren Besitzer sehr schlecht behandelt worden ist."

„Das stimmt. Die schlimmsten Wunden sind zwar inzwischen verheilt, aber er sieht immer noch ziemlich mitgenommen aus."

„Habt ihr den Typen angezeigt, der Lucky so zugerichtet hat?", fragte Cemal.

„Stefan, Sues Freund, hat natürlich Anzeige wegen Tierquälerei erstattet. Gegen unbekannt. Wir wissen dummerweise nicht, wem Lucky früher gehört hat. Ob die den Täter kriegen, ist allerdings mehr als zweifelhaft. Die Polizei hat schließlich Wichtigeres zu tun."

„Aber wenn Lucky jetzt getötet wird, dann ist der Täter doch auf jeden Fall fein raus, oder? Selbst wenn sie ihn erwischen – kein Richter der Welt würde ihn verurteilen, wenn das misshandelte Pferd nicht mehr da ist."

„Das stimmt." Daran hatte Ayla noch gar nicht gedacht. „Doktor Knopfler hat die Verletzungen damals zwar fotografiert und dokumentiert, und die Bilder liegen der Polizei vor, aber du hast natürlich Recht. Wenn Lucky weg ist, fehlt das wichtigste Beweismittel."

„Also darf Lucky auf keinen Fall getötet werden!"

Ayla nickte. „Das muss ich Stefan und Sue unbedingt sagen..." Dann nagte sie missmutig an ihrer Unterlippe. „Obwohl es wahrscheinlich auch nichts nützt. Sue hat ihr Gedächtnis verloren, es gibt keinen Kaufvertrag und keine Besitzurkunde. Die Polizei hat überhaupt nichts in der Hand. Die finden diesen Mistkerl nie."

„Dann müssen wir ihn eben finden“, sagte Cemal.

„Wir? Wie meinst du das?“

„Na, wir. Du und ich und die anderen. So wie ich die Sache sehe, ist das Luckys einzige Chance.“

„Das ist aber nicht so einfach, wie du dir das vorstellst“, sagte Ayla.

„Lass mich nur machen“, sagte Cemal und grinste.

„Wie willst du diesem Typen denn auf die Spur kommen? Hast du schon eine konkrete Idee?“

„*Sistemli*“, sagte Cemal.

„*Sistemli*“, wiederholte Ayla. „Systematisch?“

„Genau. Wir müssen rekonstruieren, was Sue an den Tagen gemacht hat, an die sie sich nicht mehr erinnern kann.“

„Und wie willst du das anstellen?“

„Vielleicht hat sie irgendwas aufgeschrieben.“

„Du meinst, in einem Tagebuch oder so? Da hätte sie doch inzwischen schon längst selbst reingeschaut, vermute ich mal.“

„Nee, kein Tagebuch. Aber vielleicht einen Terminplaner. Oder ein Smartphone. Das müssten wir uns mal genauer anschauen.“

„So was hat Sue nicht. Ich glaube, sie schmiert alles nur auf irgendwelche Zettel. Deshalb vergisst sie ja auch so viele Verabredungen. Die Frau ist total chaotisch.“

„Ihr Papierkorb“, sagte Cemal.

„Was ist damit?“

„Sie ist doch heute erst aus dem Krankenhaus zurückgekommen. Das bedeutet, dass sie seit dem Unfall nicht mehr im Büro war. Vielleicht haben wir Glück und der Papierkorb wurde nicht geleert. Papierkörbe sind *define sandiği* ... wie heißt das denn nun wieder auf Deutsch?“

„Schatztruhen. Hm.“ Ayla runzelte die Stirn. „Du könntest wirklich Recht haben. Vielleicht sollten wir uns Sues Büro noch mal vornehmen, bevor sie es das nächste Mal betritt.“

Cemal erhob sich. „Okay.“

„Was – okay?“

„Na, worauf wartest du noch? Vielleicht ist Sue morgen Früh wieder fit und stellt alles auf den Kopf. Wir müssen ihr zuvorkommen.“

„Du willst jetzt noch zur Ranch?“

„Na klar! Und du kommst mit. Und erzähl mir jetzt bitte nichts von Kopfschmerzen.“

Doppelter Einbruch

Die Ranch lag vollkommen still und dunkel da, als sie wenig später darauf zuradelten.

„Lass uns hier schon absteigen", flüsterte Ayla ein paar Meter vor dem Tor. Sie ketteten ihre Fahrräder an einen Laternenmast.

„Hoffentlich hören uns die Hunde nicht", flüsterte Cemal, als sie zum Eingang schlichen.

„Wegen Washington und Heinrich musst du dir keine Sorgen machen. Die sind im Haus. Washington schläft garantiert schon und Heinrich kriegt auch nichts mit. Die Nachbarn sind das Problem."

„Welche Nachbarn?"

„Die Fischers." Ayla deutete auf das Einfamilienhaus neben der Sunshine Ranch. „Zwei Rentner, die den ganzen Tag nichts anderes tun, als die Nachbarschaft auszuspionieren. Und beim kleinsten Verdacht rufen sie die Polizei."

„Aber dich kennen sie doch", meinte Cemal.

„Na eben." Als im letzten Sommer ein Sack mit verdorbenem Pferdefutter auf der Sunshine Ranch aufgetaucht war, hatten die Pferdemädchen Ayla als Undercoveragentin zu den Fischers geschickt, um mehr über die Hintergründe herauszufinden. Ayla hatte sich als Putzhilfe ausgegeben, doch dann hatten die Fischers sie so schikaniert, dass sie nach kurzer Zeit die Beherrschung verloren hatte und hochkant rausgeflogen war. Seitdem betrachtete das Rentnerehepaar sie mit einer Mischung aus Misstrauen und Abscheu. Wenn die Fischers sie jetzt auf dem Hof herumschleichen sahen, würden sie sofort ein Sondereinsatzkommando alarmieren, allein schon um Ayla eins auszuwischen.

Cemal rüttelte an der Pforte neben dem Tor.

„Abgeschlossen“, flüsterte er.

„Ich weiß, wo der Schlüssel ist“, wisperte Ayla zurück.

Den bewahrte Sue nämlich immer in der schmiedeeisernen Blumenampel neben dem Eingang auf. Leider war der Übertopf heute leer.

„So ein Mist! Sie hat das Versteck gewechselt“, murmelte Ayla.

„Gibt es noch einen zweiten Eingang?“, fragte Cemal.

„Hinten bei der Koppel. Aber da ist bestimmt ebenfalls abgeschlossen. Zur Not können wir über den Zaun klettern. Aber lass uns zuerst noch mal nach dem Schlüssel schauen. Wie ich Sue kenne, hat sie ihn irgendwo in der Nähe versteckt.“

Ayla versuchte, einen der großen Steine neben dem Eingang umzudrehen. Ein paar Kellerasseln huschten ins gelbe Laternenlicht und suchten hektisch nach einem neuen Versteck. „Au, verdammt! Jetzt hab ich mir den Finger eingeklemmt!"

„Leise!", zischte Cemal.

„Hier ist nichts", flüsterte Ayla. „Vielleicht sollten wir doch nach hinten ..."

„Ich hab ihn", flüsterte Cemal. Er fischte den Schlüssel aus einem Astloch im Stamm der Kastanie, die den Eingang zur Ranch überschattete. „Wer sagt's denn."

„Super." Ayla lutschte an ihrem schmerzenden Finger. „Dann nichts wie rein. Hoffentlich haben die Fischers uns nicht bemerkt."

Im Wohnhaus blieb alles still, als Ayla mit Cemal im Schlepptau über den Hof rannte. Der Eingang zum Büro lag direkt neben Sues Haustür und war nicht abgeschlossen.

„Die macht es Einbrechern aber ganz schön leicht", wisperte Cemal.

„Sue glaubt an das Gute im Menschen", gab Ayla genauso leise zurück.

Die Tür quietschte. Sie hielten den Atem an und lauschten in die Dunkelheit. Aber auch jetzt schien sie niemand gehört zu haben.

„Schnell!"

Sie schlüpften in den Raum und blickten sich suchend um.

Auf dem Schreibtisch türmten sich Stapel mit Akten, Schriftstücken und Briefen, daneben standen ein Stiftehalter, mehrere schmutzige Kaffeetassen und ein Teller mit Kekskrümeln. Der Papierkorb quoll über.

„Was für ein Chaos“, murmelte Cemal.

„Ich schätze mal, Stefan hatte in den letzten Tagen was anderes zu tun, als hier aufzuräumen.“ Ayla ließ ihren Blick über den Schreibtisch schweifen. Ganz oben auf dem Stapel lag eine Kopie von Sues Krankenhausbericht. *Mittelschweres Schädel-Hirn-Trauma,* las Ayla und schauderte.

„Na, dann wollen wir mal.“ Cemal ging vor dem Mülleimer in die Hocke.

„Wonach suchen wir denn genau?“, fragte Ayla.

„Keine Ahnung.“ Cemal hatte bereits damit begonnen, den Inhalt des Korbes auf den Boden zu schaufeln und auszubreiten. „Notizen, Briefe, Hinweise darauf, was Sue in den letzten Wochen so gemacht hat.“

Kurze Zeit später saß er inmitten von zerknülltem Papier.

„Worauf wartest du noch?“, fragte er, ohne aufzublicken. „Willst du nicht anfangen?“

„Womit?“

„Der Schreibtisch. Schau doch mal, ob sich da nicht was findet, das uns weiterhilft.“

Seufzend machte sich Ayla daran, den Papierstapel abzutragen. Wenn Sue nur ein bisschen ordentlicher gewesen wäre! Eine Telefonrechnung, die Stadtwerkeabrechnung, ein Brief vom Steuerberater, noch mehr Rechnungen.

„Ein Kontoauszug wäre gut", sagte Cemal. „Vielleicht hat sie das Geld für Lucky überwiesen."

„Das hätte Stefan doch gesehen. Der ist ja nicht blöd."

Sie ließ die Anmeldung eines neuen Reitschülers sinken, trat zu Cemal und blickte ihm über die Schulter. „Was hast du denn da?"

Er strich ein paar zerknitterte Blätter glatt. „Keine Ahnung. Weißt du, ob das Sues Handschrift ist?"

Sie beugte sich zu ihm hinunter und atmete einen zarten Duft von Vanille ein. Ein angenehmer Geruch. Aber sehr ungewöhnlich für einen Jungen, fand Ayla.

„Ja, das hat Sue geschrieben", bestätigte sie.

„Und? Kannst du was entziffern?"

Sie nahm ihm die Blätter aus der Hand und setzte sich neben ihn. Ein paar Minuten vertiefte sie sich schweigend in die zusammenhangslosen Kritzeleien.

„Was ist damit?" Cemal tippte auf eine Adresse.

„Dr. Rüter. Das ist Sues Zahnarzt. Sie hat neulich erzählt, dass sie einen Vorsorgetermin ausgemacht hat. Ich glaub, das können wir vergessen."

„Und das? Was heißt das da?"

„Ein Rezept für Pferdemüsli." Ayla hielt sich das Blatt näher vors Gesicht und kniff die Augen zusammen. Sues Sauklaue war wirklich schwer zu lesen. „Sally anrufen", buchstabierte sie dann. „Das ist ihre Schwester in Kalifornien."

„Die hat bestimmt nichts mit Lucky zu tun", meinte Cemal. „Wann genau hat sie Lucky gekauft?"

„Am Samstag vor drei Wochen." Ayla dachte einen Moment lang nach. „Das war Ende September. Der Neunundzwanzigste. Am dreißigsten hab ich Lucky zum ersten Mal auf der Sunshine Ranch gesehen." Sie ließ das Blatt sinken. „Wir sollten mal nachsehen, welche Pferdeauktionen an diesem Wochenende stattgefunden haben."

Cemal zog sein Smartphone aus der Tasche. „Gibt es hier WLAN?"

„Klar."

Cemal gab das Datum und das Stichwort „Pferdeauktion" in die Suchmaschine ein. „Hier in der Nähe war überhaupt keine Auktion. Nur in Leipzig. Und in London", stellte er fest.

„Da war sie bestimmt nicht."

„Dann muss sie Lucky direkt beim Händler gekauft haben", folgerte Cemal.

„Aber Stefan hat alle Händler in der Umgebung kontaktiert. Keiner von ihnen hat in letzter Zeit einen Deal mit ihr gemacht."

„Komisch, oder?“ Cemal vertiefte sich wieder in die Papiere aus dem Mülleimer.

„Das bringt doch alles nichts.“ Ayla gähnte. „Ich glaube, wir verschwenden hier nur unsere Zeit.“

„Hier“, sagte Cemal. „Was ist das?“ Er hielt den Werbeflyer eines Pizzadienstes in der Hand. Auf die Rückseite hatte Sue ein paar Zahlen gekritzelt.

3.10., stand da. *10 Uhr.* Darunter hatte sie eine Telefonnummer notiert.

„Das hat bestimmt nichts zu bedeuten“, meinte Ayla.

Aber Cemal tippte die Telefonnummer schon in sein Handy ein. Gespannt lauschte er in den Hörer, aber nach ein paar Sekunden legte er enttäuscht wieder auf. „Eine chemische Reinigung.“ Er seufzte. „Vielleicht hast du Recht. Wir tappen völlig im Dunkeln.“

„Warte mal!“ Die Telefonnummer hatte Ayla auf eine Idee gebracht. Sie rannte zurück zum Schreibtisch und fischte die Telefonrechnung aus dem Stapel.

„Das ist der Verbindungsnachweis über alle Gespräche, die Sue im September geführt hat“, erklärte sie. „Vielleicht fällt uns hier ja irgendwas auf.“ Cemal verzog skeptisch das Gesicht. Ayla starrte trotzdem eine Weile lang auf die Liste mit Telefonnummern, dann legte sie sie zurück auf den Schreibtisch. „Das sagt mir leider überhaupt nichts.“

„Da hilft nur anrufen“, meinte Cemal und zückte erneut sein Handy.

„Wen?“, fragte Ayla.

„Alle. Bis wir was haben.“

„Spinnst du? Es ist halb elf. Wir können doch nicht bei wildfremden Leuten anrufen und sie fragen, warum sie vor drei oder vier Wochen mit Sue telefoniert haben.“

„Wir fragen gar nichts.“ Cemal hatte die erste Nummer schon gewählt und lauschte nun in den Hörer. „Ich will nur wissen, wer sich hinter den Nummern verbirgt.“

„Entschuldigung, wie war ihr Name?“, fragte er dann ins Telefon. „Ich ... äh ... nee, da hab ich mich verwählt.“

„Das war eine Kneipe“, sagte er, nachdem er aufgelegt hatte. „War wohl nichts. Egal. Weiter!“

„Gib mir das Telefon.“ Ayla streckte die Hand nach dem Handy aus. „Mein Deutsch ist besser als deines.“

Hinter den nächsten Nummern auf der Liste verbargen sich die Stadtsparkasse, die städtische Müllabfuhr, ein Großhandel für Pferdefutter, ein Friseur und das Ordnungsamt.

„Mit denen hat Sue bestimmt telefoniert, weil die Fischers mal wieder Ärger gemacht haben“, vermutete Ayla. „Die beschweren sich schon, wenn eines der Pferde zu laut wiehert.“

„Die nächste Nummer ist nicht aus Düsseldorf“, sagte Cemal. „Kennst du die Vorwahl?“

„0202. Nee, keine Ahnung, wo das ist.“ Ayla wählte

die Nummer. Nach dreimaligem Klingeln schaltete sich ein Anrufbeantworter ein.

„Und?", fragte Cemal ungeduldig, als ihre Augen immer größer wurden. Sie hob ungeduldig die Hand. „Schschsch!"

Dann legte sie auf. „Bingo!"

„Was soll das heißen?"

„Ich glaub, wir haben ihn", erklärte Ayla. „Pferdehandel Burmeister. Leider ist das Büro im Moment nicht besetzt. Wir sind werktags von acht bis siebzehn Uhr für Sie da."

„Burmeister?" Cemal hatte ihr das Handy wieder abgenommen und tippte den Namen ein. „Sport- und Freizeitpferde. Wuppertal. Südstraße 69–71. Ist das weit von hier?"

„Geht so. Eine Stunde Fahrt, schätze ich."

„Schade."

„Wieso schade?"

„Mit dem Fahrrad kommen wir da nicht hin."

„Nee. Aber ich rufe da morgen einfach mal an und frage nach, ob sie was über Lucky wissen."

„Auch keine schlechte Idee." Cemal schaute auf seine Uhr. „Mannomann, es ist kurz nach elf. Wir sollten schleunigst nach Hause. Wenn deine Eltern mitkriegen, dass wir so lange unterwegs sind, setzen sie mich morgen in den Flieger nach Istanbul." Er war auf einmal ganz blass.

Ich möchte bloß mal wissen, was du angestellt hast, dachte Ayla. Sie fragte sich plötzlich, ob es so eine gute Idee war, sich mitten in der Nacht mit Cemal herumzutreiben, ohne dass irgendjemand wusste, wo sie steckte. Wenn er nun gewalttätig war? Aber nein, vielleicht hatte er irgendeine Dummheit angestellt. Er war bestimmt nicht gefährlich.

„Ach was", beruhigte sie ihn. „Meine Eltern sind ganz verrückt nach dir. Die würden dich niemals heimschicken."

„Meinst du wirklich?"

„Hundertpro. Und außerdem kann meine Mutter ganz zufrieden sein. Sie wollte doch immer, dass wir uns anfreunden."

„Und?", fragte Cemal. „Haben wir das?"

„Haben wir was?"

„Haben wir uns angefreundet?"

Ayla zuckte mit den Schultern. Solange du mir nicht erzählst, was du verbirgst, sind wir auch keine Freunde, dachte sie.

Cemal erhob sich. „Komm", sagte er. „Wir hauen ab. Nicht dass Sue uns noch erwischt. Dann kann ich meine Reitstunden vergessen."

Ayla stand ebenfalls auf. *„Çok fena olur." Das wäre ja furchtbar.* Die Antwort war ironisch gemeint gewesen, aber auf Türkisch kam das Ganze so rüber, als meinte sie es wirklich so.

Auf jeden Fall sah Cemal sie überrascht an.

„Na, so was! Man spricht Türkisch."

„Tabii." Aber dann wechselte Ayla schnell wieder ins Deutsche. Das war einfach sicherer. „Lass uns verschwinden. Ich bin auch nicht scharf darauf, hier erwischt zu werden."

Als sie das Büro verließen, schlug im Haus ein Hund an.

„Heinrich", flüsterte Ayla. „So ein Mist!"

„Schnell!" Cemal packte sie an der Hand und rannte los. Allerdings floh er nicht in Richtung Ausgang, sondern stürzte zur Scheune. Er zog sie gerade noch rechtzeitig in den Schatten, als die Außenbeleuchtung anging.

In der Tür des Wohnhauses erschien Stefan. Hinter ihm drängte sich Heinrich auf den Hof. Hechelnd blickte der zottelige Mischlingshund sich um. „Ist hier jemand?", rief Stefan.

„Blöde Frage", flüsterte Ayla. Cemals Arm lag auf ihrer Schulter, er hielt sie an sich gedrückt, als wollte er sie beschützen. Ihr Herz schlug schneller. Sie war sich nicht sicher, ob das an der Furcht lag, entdeckt zu werden, oder an Cemals Nähe.

Dieser Vanilleduft …

„Falscher Alarm", sagte Stefan und wollte wieder ins Haus, aber Heinrich war nicht so leicht zu täuschen.

Er hatte Ayla gerochen und rannte quer über den Hof, schnurstracks auf sie zu. Als er sie vor der Scheunentür entdeckte, begann er vor Freude zu wedeln und bellte begeistert. Ein Versteckspiel mitten in der Nacht, das war aber eine Überraschung!

„Aus, Heinrich!", zischte Ayla und erreichte dadurch genau das Gegenteil.

Heinrich bellte noch lauter.

„Was ist denn los, Heinrich?" Jetzt wurde auch Stefan misstrauisch und kam langsam näher.

Er hätte sie im nächsten Moment entdeckt, wenn Ayla nicht den Ball gesehen hätte, mit dem die beiden Hunde am Nachmittag im Hof gespielt hatten. Das zerbissene, platte Ding lag direkt zu ihren Füßen. Sie bückte sich blitzschnell und warf ihn Heinrich zu.

Heinrich liebte Bälle über alles. Sofort sprang Heinrich ihm nach und trabte dann zu Stefan, um ihm stolz seine Beute zu präsentieren.

„Was hast du denn da?"

Heinrich legte den Ball vor Stefans Füße und sah ihn bettelnd an.

„Nein, ganz bestimmt nicht. Es ist stockdunkle Nacht. Jetzt wird ganz bestimmt nicht gespielt, jetzt wird geschlafen."

Er packte den enttäuschten Hund am Halsband und zog ihn zurück ins Haus.

„Puh", machte Ayla. „Das war knapp."

Als Cemal nicht antwortete, legte sie den Kopf in den Nacken und sah ihn an. Er schaute hinüber zum Stall und wirkte irritiert.

„Was ist denn los?“, fragte Ayla und folgte seinem Blick. Bevor Cemal antworten konnte, sah sie es selbst.

Hinter dem Stallfenster flackerte etwas. Der Schein einer Taschenlampe. Dann hörten sie ein angsterfülltes Wiehern und das Geräusch von Pferdehufen, die auf den Boden schlugen.

Da war jemand bei den Pferden. Und es war bestimmt nicht Sue.

Ein Entschluss in der Nacht

Atemlos sahen sie zu, wie die Stalltür von innen aufgeschoben wurde. Eine dunkle Gestalt schlich auf den Hof und blickte sich suchend um. Cemal zog Ayla enger an sich.

Sie konnte seinen Herzschlag spüren, schnell und aufgeregt.

Die Person an der Stalltür winkte, nun schlüpfte eine zweite Gestalt ins Freie. Die beiden huschten über den Hof, aber sie verschwanden nicht durch die Pforte neben dem Tor, sondern rannten in Richtung Pferdekoppel.

„Was war das?“, fragte Ayla leise, als das Geräusch ihrer Schritte verklungen war.

„Einbrecher“, sagte Cemal. „Was denn sonst?“

„Und was wollten sie im Stall? Sie haben kein Pferd mitgenommen.“

„Vielleicht haben sie etwas anderes gesucht“, meinte Cemal.

„Aber was? Pferdeäpfel? Streu?“

„Keine Ahnung.“

„Was machen wir denn jetzt?“, flüsterte Ayla aufgeregt. „Wir müssen die Polizei alarmieren. Oder zumindest Stefan Bescheid geben, dass jemand im Stall war.“

„Und wie willst du ihm erklären, warum wir hier sind?“

„Wir sagen einfach … Mir fällt schon was ein! Komm, wir dürfen keine Zeit verlieren.“

Bevor Cemal widersprechen konnte, rannte Ayla über den Hof zum Wohnhaus. Als er sie an der Türschwelle einholte, hatte sie schon geklingelt.

„Na, da bin ich ja gespannt, was du jetzt erzählst“, sagte er.

„Ich auch“, murmelte Ayla.

Als Stefan die Tür öffnete, begrüßte Heinrich sie mit freudigem Bellen. Hinter ihm tauchte Washington auf, er wedelte verschlafen, gähnte und verschwand dann wieder im Wohnzimmer.

„Was macht ihr denn hier?“, fragte Stefan verblüfft. „Ist etwas passiert?“

„Kann man wohl sagen. Im Stall waren Einbrecher.“

„Bitte was? Woher wisst ihr … was geht hier eigentlich vor?“

Er packte Heinrich am Halsband und zog ihn nach draußen. „Sue schläft schon“, erklärte er, nachdem er die Tür leise geschlossen hatte. „Ich will sie auf keinen Fall wecken. Also, jetzt noch mal langsam und der Reihe nach: Was macht ihr hier?“

„Mein Cousin Cemal war heute Nachmittag hier auf der Ranch und nun ist sein Handy weg. Er glaubt, dass er es vielleicht im Stall verloren hat oder irgendwo auf dem Grundstück. Deshalb wollten wir noch mal nachsehen …"

„Dazu wäre doch morgen auch noch Zeit gewesen", meinte Stefan.

„Hab ich Cemal auch gesagt", sagte Ayla und ignorierte den Knuff, den ihr Cousin ihr versetzte. „Aber das Handy war wirklich teuer und neu und seine Eltern rasten aus, wenn es weg ist."

„Sie wissen doch, wie Türken sind", sagte Cemal pikiert.

„Ist ja jetzt auch egal", meinte Ayla. „Auf jeden Fall haben wir Licht im Stall gesehen, als wir auf den Hof gekommen sind. Wir dachten zuerst, es wäre Sue … oder du. Aber dann kamen die Typen raus."

„Es waren zwei", ergänzte Cemal. „Sie sind dorthin verschwunden." Er zeigte in Richtung der Pferdekoppel.

„Heinrich hat vor ein paar Minuten angeschlagen", erinnerte sich Stefan. „Vielleicht hatte er ja etwas bemerkt. Zu dumm! Warum hab ich nicht kurz eine Runde über den Hof gemacht? Dann hätte ich sie erwischt."

Und uns auch, dachte Ayla.

„Was die hier wohl wollten?", überlegte Stefan.

„Das fragen wir uns auch“, erwiderte Cemal. „Vielleicht sollten wir einen Blick in den Stall werfen. Nicht dass sie am Ende Feuer gelegt haben …“

„Du meine Güte, das wäre ja …“ Stefan hastete mit großen Schritten über den Hof.

Die Pferde empfingen sie mit großen, verwunderten Augen. So einen Betrieb mitten in der Nacht, das gab es sonst nicht.

„Scheint alles in Ordnung zu sein“, sagte Stefan, nachdem er einen Blick in jede einzelne Pferdebox geworfen hatte.

„Lucky ist total durcheinander.“ Ayla war sofort zu der Box ihres Schützlings gegangen. Das Paint Horse drückte sich wieder in den hintersten Winkel und stampfte nervös mit den Beinen.

„Das ist nun wirklich nichts Neues“, entgegnete Stefan.

Ayla streckte ihre Hand aus, aber Lucky wagte sich nicht aus seiner Ecke heraus.

„Lass das, Ayla!“, sagte Stefan scharf.

Schuldbewusst ließ sie die Hand wieder sinken.

„Gehen wir erst mal in den Hof.“ Stefan war schon wieder an der Tür.

„Seid ihr sicher, dass jemand hier drin war?“, fragte er, als sie wieder draußen standen.

Ayla und Cemal nickten im Gleichtakt.

„Ganz sicher“, sagte Ayla. „Du musst die Polizei rufen.“

Stefan zuckte mit den Schultern. „Was soll ich denen denn erzählen? Wenn die Typen hinten über den Zaun gestiegen sind, gibt es keinerlei Spuren. Der Stall war nicht abgeschlossen und geklaut wurde auch nichts, soweit ich das auf die Schnelle beurteilen kann. Die Pferde sind auf jeden Fall alle noch da.“ Er sah Cemal an. „Dein Handy hab ich übrigens auch nirgends gesehen. Bist du sicher, dass du es hier verloren hast?“

„Ich glaub schon.“

„Der Einbruch hat bestimmt was mit Lucky zu tun“, platzte Ayla heraus. Als sie Stefans Blick sah, bereute sie die unüberlegte Bemerkung sofort wieder.

„Dafür gibt es nicht den geringsten Hinweis“, erwiderte er. „Ich kann mir auch beim besten Willen nicht vorstellen, was die Einbrecher von Lucky gewollt haben könnten.“

„Sie haben etwas gesucht“, beharrte Ayla.

„Quatsch!“ Stefan klang jetzt wirklich wütend. „Ayla, ich weiß nicht, was du an diesem Pferd findest. Es reicht! Lucky hier, Lucky da. Der Gaul geht mir so was von auf die Nerven!“

„Warum hasst du ihn so?“, fragte Ayla vorwurfsvoll.

„Ich liebe Sue. Und dieses Mistvieh hat sie beinahe umgebracht! Genügt das nicht?“

Ayla schluckte. „Entschuldige“, flüsterte sie.

„Schon okay, Ayla. Du meinst es ja gut. Aber du musst einfach einsehen, dass mit diesem Pferd etwas nicht stimmt. Seit Lucky auf dem Hof ist, haben wir nichts als Probleme."

Einen Moment lang schwiegen sie alle drei.

Dann klingelte Cemals Handy.

Stefan fielen fast die Augen aus dem Kopf, als Cemal das Telefon mit hochrotem Kopf aus der Hosentasche kramte. *„Alo? Hayir, merak etmeyin. Ayla benim yanimda. Biz sadece biraz … gezmeye gittik."*

Er lauschte kurz in den Hörer.

„Tamam. Hemen eve geliyoruz."

„Na, so was", murmelte er verlegen, nachdem er wieder aufgelegt hatte. „Ich hatte es die ganze Zeit in der Tasche. Dabei hätte ich schwören können …"

„Den Mist kannst du einem anderen erzählen!", unterbrach ihn Stefan. „Ich weiß nicht, was dieser Blödsinn soll, aber ich habe keine Lust mehr, mir euretwegen die Nacht um die Ohren zu schlagen. Einbruch! So ein Humbug! Macht, was ihr wollt – aber bitte nicht hier!"

Er verschwand in Richtung Haus. Heinrich warf Ayla und Cemal noch einen bedauernden Blick zu, dann folgte er seinem Herrchen mit hängendem Kopf.

„Also echt!", zischte Ayla, als die beiden im Haus verschwunden waren. „Warum hast du dein blödes Handy nicht ausgeschaltet?"

„Na hör mal. Ich konnte doch nicht ahnen, dass du Stefan erzählst, dass ich es verloren habe. Und normalerweise ruft um diese Zeit nie jemand an."

„Ach, aber heute eben doch."

„Das waren deine Eltern", sagte Cemal. „Sie wundern sich, wo wir stecken. Hab ihnen gesagt, dass wir spazieren gehen."

„O nein!" Ayla stöhnte. „Die machen bestimmt gleich einen Superaufstand."

„Vorhin hast du noch gesagt, dass sie sich darüber freuen würden, wenn wir mal was zusammen unternehmen."

Ayla blickte auf ihre Uhr. „Ja, aber nicht um Mitternacht. Wenn wir uns nicht beeilen, setzen sie dich vielleicht doch in den nächsten Flieger nach Istanbul." Cemal zuckte zusammen. „Dann aber nichts wie los."

„Ich bin mir hundertprozentig sicher, dass alles miteinander zusammenhängt", erklärte Ayla.

Sie hatte gerade das Licht ausgemacht, als Cemal noch einmal an ihrer Zimmertür geklopft hatte. Nun saß er im Pyjama auf ihrem Schreibtischstuhl und Ayla hockte mit angezogenen Beinen auf dem Bett.

„Du meinst, Lucky und der Einbruch?"

„Lucky, die Misshandlungen, seine Ängstlichkeit, der Einbruch und alles andere auch", fasste Ayla zusammen.

„Hm.“

„Glaubst du nicht?“

„Ich weiß, ehrlich gesagt, überhaupt nicht mehr, was ich glauben soll. Wir müssen so schnell wie möglich mehr über Luckys Vergangenheit herausfinden.“

„Ich ruf morgen in der großen Pause diesen Händler in Wuppertal an“, erklärte Ayla. „Vielleicht wissen wir danach mehr.“

„Anrufen ist keine gute Idee.“

„Bitte was? Wieso ist das keine gute Idee?“

„Denk doch mal nach. Irgendwas ist hier faul, das wissen wir inzwischen. Wenn du den Händler anrufst, und er wirklich etwas mit den Misshandlungen zu tun hat, dann warnst du ihn doch nur.“

„Ach. Und was schlägst du stattdessen vor?“, fragte Ayla.

„Hinfahren. Was sonst?“

„Nach Wuppertal? Wie willst du denn da hinkommen?“

„Gibt es keine Züge in Deutschland?“

„*Tabii*“, sagte Ayla. „Was denkst du denn?“

„Oh, ein türkisches Wort aus deinem Munde. Besser kann der Tag nicht enden.“ Er erhob sich. „Ich hol dich morgen von der Schule ab. Dann fahren wir gemeinsam zum Bahnhof, okay?“

„Und was erzählen wir meinen Eltern?“ Zu ihrer Überraschung hatten Herr und Frau Maksut sehr gelassen reagiert, als Ayla und Cemal kurz nach Mitternacht zu Hause eingetroffen waren. Sie hatten ihnen sogar abgenommen, dass sie nur einen Nachtspaziergang gemacht hatten.

„Dass mir das nicht noch mal vorkommt", hatte ihr Vater nur gesagt und scherzhaft mit dem Finger gedroht.

„Und wenn du morgen Früh wieder Kopfschmerzen hast, Ayla, dann bist du selbst schuld", hatte ihre Mutter noch hinzugefügt.

„Deinen Eltern erzählen wir einfach, dass wir auf der Ranch sind", erwiderte Cemal. „Und bis zum Abend sind wir locker wieder zu Hause."

„Okay." Ayla gähnte. „Du hast's gut, du kannst wenigstens ausschlafen."

„Aber nicht mehr lange. Am nächsten Montag fängt auch für mich die Schule wieder an", erklärte ihr Cousin. „Ehrlich gesagt, kann ich es kaum erwarten. Ist ganz schön langweilig, immer allein zu Hause rumzuhängen."

„Na dann, gute Nacht."

Gummibärchen

„Burmeister. Sport- und Freizeitpferde. Eingang im Hof“, las Ayla laut.

Sie hatten fast zwei Stunden gebraucht, bis sie endlich bei dem Pferdehändler angekommen waren. Und das nur, weil Cemal sie am Bahnhof in den falschen Bus geschleust hatte.

Nachdem sie eine unfreiwillige Stadtrundfahrt durch halb Wuppertal gemacht hatten, hatte Ayla die richtige Buslinie gefunden und nun waren sie endlich am Ziel.

„Es ist Viertel vor fünf. Die haben noch genau fünfzehn Minuten offen“, stellte Ayla mit einem Blick auf ihre Uhr fest.

„Worauf wartest du dann noch? Nichts wie rein.“

„Und du? Willst du nicht mitkommen?“

Cemal schüttelte den Kopf. „Ich nutz die Zeit lieber, um mich mal ein bisschen umzuschauen. Mal sehen, was für einen Eindruck der Laden so macht.“

„Also dann.“ Ayla holte tief Luft. „Versuch ich mein Glück mal.“

„Bol şanslar!“

„Dir auch.“

Im Büro des Pferdehändlers saß eine dicke Frau mit mächtiger Oberweite und knallrot geschminkten Lippen und aß mit großer Konzentration Gummibärchen. „Was gibt's?“, fragte sie, wobei sie überdeutlich auf die Uhr über der Tür schaute. Dreizehn Minuten vor fünf. Der Feierabend lockte.

„Tut mir leid, dass ich so spät dran bin“, sagte Ayla atemlos. „Aber ich will ein Pferd kaufen.“

„Du willst … was?“ Die Dicke verschluckte sich fast. „Na hör mal, wir sind doch hier nicht im Supermarkt.“

„Ich weiß schon. Also, es ist so: Wir haben auf Ihrer Internetseite ein Pferd gesehen, das genau unseren Vorstellungen entspricht. Und nun wollte ich es mir mal ansehen.“

„Wer ist wir?“, fragte die Frau.

„Meine Tante und ich. Meine Tante will mir das Pferd nämlich schenken. Aber sie hat heute keine Zeit. Deshalb hat sie mich allein hierhergeschickt …“ Ayla schwitzte. Die Dame glaubte ihr kein Wort, das war offensichtlich.

„Ich interessiere mich für eine Fuchsstute. Papermoon“, fuhr sie fort. „Wissen Sie, ich reite Turniere und bräuchte dringend ein neues Springpferd.“

Auf der Zugfahrt nach Wuppertal hatten sie sich auf Cemals Smartphone die Homepage des Händlers angesehen. Hoffentlich war die Stute, die sie sich ausgesucht hatten, nicht gerade verkauft worden.

„So, so, was du nicht sagst“, meinte die Frau, während sie neun oder zehn Gummibärchen in ihrem Mund versenkte, ohne die geschminkten Lippen dabei zu berühren. „Heute ist es schon zu spät“, erklärte sie mit vollem Mund. „Wir machen gleich zu. Am besten, du kommst morgen wieder. Und bring deine Tante auch mit. Aber wenn ihr Papermoon probereiten wollt, müsst ihr vorher einen Termin vereinbaren.“

„Ich komme aber nicht aus Wuppertal. Wir ... ich meine, ich bin extra von außerhalb angereist. Bitte, ich möchte die Stute nur kurz sehen. Sonst hab ich den weiten Weg ganz umsonst gemacht.“ Sie setzte eine niedergeschlagene Miene auf, aber an der Gummibärchentante prallte ihre Verzweiflung ab wie ein Flummi an einer Steinwand.

„Ich hab jetzt gleich Feierabend“, verkündete die Dicke ungerührt. „Tut mir leid.“ Sie verdrückte ein letztes Gummibärchen, knüllte dann die leere Tüte zusammen und warf sie in den Müll. Danach erhob sie sich ächzend.

„Sie kennen meine Tante“, wechselte Ayla nun die Strategie. „Sie hat schon ein paarmal ein Pferd bei Ihnen gekauft. Und ich glaube nicht, dass es Ihrem Chef gefällt, wenn Sie mich so unfreundlich behandeln.“

Die Dicke überprüfte gerade ihr Make-up im Spiegel

an der Wand. „Unfreundlich behandeln?", fragte sie mürrisch, während sie einen Lippenstift aus ihrer Handtasche kramte. „Ich weiß gar nicht, was du meinst. Wie heißt deine Tante denn?"

„Sue Mirador", erklärte Ayla. Wenn der Schuss ins Leere ging, weil die Frau noch nie etwas von Sue gehört hatte, dann war ihre Vorstellung hiermit beendet, das war ihr klar. Aber andererseits hatte sie nichts zu verlieren.

„Mirador, Mirador", murmelte die Dicke. Sie drehte den Lippenstift auf, malte eine frische Schicht Farbe auf die prallen roten Lippen und warf ihn zurück in die Tasche. „Engländerin, oder?"

„Amerikanerin."

„Die hat hier noch nie was gekauft. Aber angesehen hat sie sich unsere Tiere öfter. War erst vor Kurzem hier."

„Vor vier Wochen etwa?", rief Ayla aufgeregt. „Für welches Pferd hat sie sich denn da interessiert?"

Die Frau musterte sie irritiert. „Was tut denn das zur Sache? Sie hat es am Ende nicht gekauft, das sagte ich ja schon." Sie ließ ihre Handtasche zuschnappen und zog ihren Mantel vom Garderobenständer.

„Darf ich bitten." Ihre fette kleine Hand zeigte auf die Tür.

„Na gut. Dann fahr ich jetzt nach Hause", sagte Ayla mit bebender Stimme. „Und morgen Früh ruf ich Ihren

Chef an und erzähl ihm, dass Sie nicht einmal ein Viertelstündchen von Ihrer kostbaren Zeit opfern wollten, um eine mögliche Kundin ..."

„Chefin", sagte die Dicke.

„Wie bitte?"

„Ich hab keinen Chef. Der Laden gehört Frau Burmeister."

„Dann ruf ich eben Frau Burmeister an."

Die Dicke betrachtete sie ein paar Sekunden lang mit zusammengekniffenen Augen. Dann seufzte sie. „Na gut. Was soll's." Sie angelte sich einen Schlüssel vom Haken neben der Tür. „Gehen wir in den Stall. Obwohl ich danach wieder stundenlang nach Pferd stinken werde. Aber das interessiert hier ja keinen."

Lucky war nicht von hier. Das war Ayla auf den ersten Blick klar, nachdem sie den Stall betreten hatten. In den Boxen standen wohlgenährte, gepflegte Pferde.

„Kalif, Thriller, Sultan, Lady." Die Dicke las die Namen von den Schildern über den Pferdeverschlägen ab. Offensichtlich betrat sie den Stall nicht öfter als unbedingt nötig. „Alle aus eigener Zucht."

„Alle?", fragte Ayla. „Sie kaufen keine Pferde, um sie danach weiterzuverkaufen?"

„Das haben wir nicht nötig", erklärte die Frau stolz. „Nur Deckhengste mieten wir an. Manchmal muss auch unser eigener Hengst Lusitano ran."

Sie zwinkerte Ayla neckisch zu. Dann fiel ihr offenbar wieder ein, dass ihr Arbeitstag längst zu Ende war. Sie beschleunigte ihre Schritte. „Wo ist denn nun diese Fuchsstute?"

„Dahinten." Ayla hatte Papermoon bereits entdeckt. Ein schlankes, langbeiniges Pferd mit seidig schwarzer Mähne.

„Ja, richtig. Das ist sie. Gefällt sie dir?"

Ayla streckte der Stute die offene Handfläche hin. Papermoon beschnupperte sie neugierig. Sie war selbstbewusst, ruhig, vollkommen gelassen. Das komplette Gegenteil von Lucky.

Die Fahrt nach Wuppertal hätten sie sich sparen können. Das ganze Unternehmen hatte sie keinen Schritt weitergebracht. Ayla unterdrückte ein Seufzen.

„Wie viel soll sie denn kosten?", fragte sie die Frau, die neben ihr ungeduldig von einem Fuß auf den anderen trat.

„Keine Ahnung. Meinst du, ich hab das alles im Kopf? Muss ich in der Liste nachsehen."

„Können Sie mir die Daten zumailen?" Ayla suchte in ihrem Rucksack nach einem Stift und einem Zettel, um eine falsche Adresse aufzuschreiben.

„Lass mal, ich hab die Adresse deiner Tante im Computer. Ich schick ihr eine Mail. Aber erst morgen."

„Aber ...", sagte Ayla schwach. Doch die Frau hatte

sich bereits umgedreht und marschierte mit großen Schritten in Richtung Feierabend.

„Totale Fehlanzeige“, sagte Ayla zur Begrüßung. Sie hatte eine ganze Weile lang nach Cemal suchen müssen, bis sie ihn an der Pommesbude auf der anderen Straßenseite gefunden hatte. Er schob ihr sein Schälchen mit Currywurst und Pommes hin.

„Bedien dich, wenn du magst.“

„Danke, mir ist der Appetit vergangen.“

„So schlimm?“

„Aus dem Stall von Burmeister kommt Lucky nicht. Die Sekretärin, mit der ich gesprochen habe, kannte Sue, aber sie sagt, dass sie noch nie ein Pferd von ihnen gekauft hat. Und ich hab mir den Stall angeguckt. Die Tiere sehen alle gesund und gepflegt aus. Ein Pferd wie Lucky hätten die niemals angeboten.“

„Weißt du, ob Sue in letzter Zeit mal hier war?“

„Vor ein paar Wochen hat sie sich wohl ein Pferd angesehen.“

„*Harika!* Wer sagt's denn?!“

„Bitte? Hörst du mir nicht zu? Sie war hier, aber sie hat nichts gekauft.“

„Bei Burmeister nicht.“

„Was soll das denn heißen?“ Die Pommes dufteten doch sehr lecker. Und Ayla hatte seit dem Frühstück nichts mehr gegessen. Sie stibitzte sich eine Pommes.

„Während du im Büro warst, hab ich mich ein bisschen in der Gegend rumgetrieben. Erst war ich auf dem Hof, aber da hat mich ein Stallbursche vertrieben. Und als ich rauskam, hat mich dieser Typ angesprochen.“ Er zog ein Faltblatt aus der Tasche und schob es Ayla zu.

„HorseCare e. V.“, las Ayla. *Help!* lautete die Überschrift. *Dieses Pferd braucht Ihre Hilfe!*

Darunter war das Foto eines abgemagerten, elenden Pferdes abgebildet. Aus riesigen, hungrigen Augen blickte es den Betrachter an. Das Tier sah genauso erbärmlich aus wie Lucky.

„Die internationale Organisation HorseCare hilft weltweit Pferden in Not“, stand darunter. „Wenn Sie uns bei unserem Kampf gegen Tierquälerei unterstützen möchten, rufen Sie uns an oder besuchen Sie uns im Internet. Wir zählen auf Sie.“

„Du meinst, Sue war bei HorseCare?“, fragte Ayla und nahm sich noch ein paar Pommes. Und ein Stückchen Currywurst.

„Klar war sie da. Das kann doch kein Zufall sein. Diese Tierschützer sprechen bestimmt jeden an, der zu Burmeister geht. Ist doch perfekt. Da wissen sie gleich von vornherein, dass diese Leute sich für Pferde interessieren. Also, ich schlage vor, wir schauen uns den Laden mal an.“

„Jetzt noch?“ Ayla sah auf die Uhr. „Es ist nach sechs. Wenn wir bis um acht nicht zu Hause sind …“

„Kannst du deine Eltern nicht anrufen und ihnen irgendwas erzählen, damit sie sich keine Sorgen machen? Jetzt sind wir schon mal hier, da können wir doch nicht gehen, ohne bei dieser Tierschutzorganisation vorbeizuschauen."

„Hm." Ayla angelte sich die letzten Pommes. Noch ein Stückchen Wurst, nun war die Schale leer. Schade aber auch. „Also gut, ich lass mir was einfallen. In der Zwischenzeit besorgst du mir neue Pommes. Mit Currywurst und Cola."

„Emredersin!", sagte Cemal. *Zu Befehl!*

Während Cemal am Tresen bestellte, rief sie ihre Mutter an und erzählte ihr, dass Sue sie und die anderen zum Spaghettiessen eingeladen habe. „Weil sie doch jetzt wieder gesund ist. Das Ganze geht auch nicht so lang, um neun sind wir zu Hause. Die anderen dürfen auch. *Lütfen*, Mama. Für Cemal wäre es auch toll, da kann er alle richtig kennenlernen."

„Am Montagabend? Warum macht ihr so was nicht am Wochenende?"

„Hab ich doch gesagt, es ist ganz spontan. Dürfen wir noch bleiben?"

„Aber um neun Uhr seid ihr hier!"

„Klar, Mama." Erleichtert legte Ayla auf.

„Hast du dir die Homepage von diesem Verein mal angesehen?", fragte sie Cemal, als er das Essen brachte.

„Wirkt alles ganz seriös. Diese Leute kümmern sich um Tiere aus aller Welt. Sie retten sie aus Versuchslaboren oder Schlachthöfen. Hier, schau dir mal die begeisterten Zuschriften an.“ Er rief die Seite auf seinem Smartphone auf und reichte Ayla sein Handy.

„HorseCare schenkt gefolterten Tieren ein neues Leben“, las Ayla laut. „Eine Initiative, die nicht nur redet, sondern handelt. Hier wird Tierliebe ernst genommen!“ Und so weiter und so fort. Die Pressezitate und Kommentare nahmen überhaupt kein Ende.

„Sogar der Wuppertaler Oberbürgermeister findet HorseCare toll.“ Ayla betrachtete ein Foto, das den OB beim Jahrestreffen des Tierschutzvereins zeigte.

„Diese Typen haben Lucky freigekauft und an Sue vermittelt, da bin ich mir ganz sicher“, meinte Cemal. „Jetzt müssen wir nur noch rauskriegen, woher er stammt.“

„Und dann? Was nützt uns das, wenn wir wissen, aus welchem Land er kommt?“

„Je mehr wir über ihn herausfinden, desto besser können wir ihm helfen“, beharrte Cemal.

„Wo ist denn das Büro von HorseCare? Weit weg?“

„Nee. Ein paar Minuten von hier.“

„Das hast du vorhin auch gesagt. Und dann waren wir stundenlang unterwegs.“

„Diesmal können wir zu Fuß gehen. Ist gleich um die Ecke.“

„Dann mal los." Ayla wischte einen letzten Rest Currysauce mit einem Wurststückchen auf, dann war auch die zweite Pappschale leer. „Hoffentlich nehmen es die HorseCare-Leute mit ihrem Feierabend nicht so genau wie die Sekretärin von Burmeister."

HorseCare

„Feierabend?“ Der junge Mann mit den Rastalocken, der Ayla und Cemal in das Büro des Tierschutzvereins geführt hatte, lachte. „Das Wort kennen wir überhaupt nicht.“

„Wir arbeiten hier ehrenamtlich“, erklärte seine Kollegin, eine hübsche junge Frau mit Sommersprossen und rotblonden Locken. „Die meisten von uns haben noch einen anderen Beruf und kommen erst nach Dienstschluss hierher. Ich heiße übrigens Kathi.“

„Und ich bin Ulf“, stellte sich der Mann vor. „Was können wir für euch tun?“

Ayla zögerte einen Moment lang. Sollte sie den HorseCare-Leuten reinen Wein einschenken?

Sie beschloss, vorsichtig vorzugehen. „Sagt Ihnen der Name Sue Mirador etwas?“

„Du kannst uns ruhig duzen.“ Ulf lachte. „Und klar kennen wir Sue.“

„Die Amerikanerin von der Sunshine Ranch“, sagte Kathi. „Die hat doch neulich erst den Hengst genommen.“

„Lucky!“, rief Ayla begeistert. Kathi kannte Lucky, sie waren der Lösung des Rätsels ganz nah.

„Lucky hat sie ihn genannt?“ Kathi lächelte. „Ein schöner Name. Und so treffend. Er hat wirklich Glück gehabt, dass er bei Sue gelandet ist.“

„Hieß er denn nicht so? Wie ist denn sein richtiger Name?“

„Keine Ahnung. Vermutlich hatte er nie einen. Da, wo er herkommt, tragen Pferde keinen Namen.“

Ayla schluckte. „Wo kommt er denn her?“

„Aus Veracruz, einer Großstadt in Mexiko. Deutsche Touristen haben ihn dort in einer Westernshow entdeckt. Die Veranstalter der Schau waren bitterarm, die Pferde waren krank, verdreckt und fast verhungert. Dank unserer Unterstützer konnten wir fünf Tiere retten und nach Deutschland ausfliegen, einen Hengst hat Sue gekauft.“

„Lucky war aber nicht nur verdreckt und ausgehungert, er ist richtig gequält worden!“, rief Ayla. „Wir haben Brandwunden an seinem Körper entdeckt, offensichtlich hat jemand seine Zigaretten an ihm ausgedrückt. Und er hatte viele Prellungen und offene Wunden …“

„Ich weiß.“ Kathi seufzte. „Wir haben ihn in Hamburg in Empfang genommen. Er sah furchtbar aus. Aber in Mexiko gibt es leider keine Gesetze gegen Tierquälerei, die Menschen dort haben andere Probleme.“

„Warum seid ihr denn jetzt eigentlich hier?", fragte Ulf. „Wollt ihr einen Rachefeldzug gegen Luckys früheren Besitzer starten oder was?"

„Es ist viel komplizierter." Ayla erzählte den beiden, wie Lucky ausgerastet war und dass Sue ihr Gedächtnis verloren hatte. „Und nun hat sie Angst vor ihm. Und die anderen auf der Sunshine Ranch sind auch überzeugt, dass Lucky böse und gefährlich ist. Sue will ihn sogar töten lassen. Wir hoffen, dass wir sie davon abbringen können, wenn sie seine Geschichte kennt."

„Du liebe Zeit, das ist ja eine Horrorstory", flüsterte Kathi. „Das tut mir total leid für Sue."

„Aber sie kann das Tier doch jetzt nicht einfach einschläfern lassen, nach allem, was es durchgemacht hat", sagte Ulf.

„Wir müssen mit ihr reden, Ulf", meinte Kathi. „Immerhin hat sie unterschrieben, dass sie sich um ihn kümmern will."

„Ihr dürft das nicht falsch verstehen!", rief Ayla. „Sue ist total tierlieb. Aber seit sie ihr Gedächtnis verloren hat, ist sie völlig verunsichert. Und sie hat Angst, dass Lucky auch andere angreifen könnte."

„Würdet ihr Lucky denn wieder zurücknehmen?", fragte Cemal. „Ich meine, wenn es die einzige Möglichkeit wäre, ihm das Leben zu retten."

„Wo sollten wir denn hin mit ihm?", fragte Kathi. „HorseCare besitzt keine eigenen Ställe, wir vermitteln die Pferde nur. Die Interessenten übernehmen den Kaufpreis vor Ort, die Fracht- und Impfkosten sowie die Zollgebühren für die Tiere. Unsere Leistung ist kostenlos."

„Sie könnten ihn vielleicht umtauschen", schlug Cemal vor.

„Den nimmt doch keiner mehr, wenn er diese Geschichte hört." Kathi schüttelte unglücklich den Kopf. „Ich rufe Sue an und rede noch einmal mit ihr. Wir müssen eine Lösung finden."

„Warte noch, bevor du mit ihr sprichst", wandte Ayla ein. „Wir müssen sie erst darauf vorbereiten. Sue hat keine Ahnung, dass wir hier sind. Und vermutlich kann sie sich auch nicht an dich erinnern. Wenn du sie anrufst, verwirrst du sie nur noch mehr."

„Einverstanden. Am besten, ihr meldet euch morgen noch mal bei uns und gebt Bescheid, wie das Gespräch mit ihr gelaufen ist. Dann rufe ich sie an." Kathi seufzte. „Hoffen wir, dass sie sich überzeugen lässt. Es wäre jammerschade um den Hengst. Ich habe Lucky ja selbst erlebt. Ich kann mir einfach nicht vorstellen, dass er gefährlich ist."

„Bei mir ist er zahm wie ein Schoßhündchen", erklärte Ayla. „Aber sobald Sue sich ihm nähert, dreht er durch. Und bei unserem Tierarzt ist er auch schon mal ausgerastet. Das ist wirklich beängstigend."

„Seltsam." Ulf schüttelte seine Rastalocken.

„Wie ist das denn mit den anderen Pferden, die ihr aus dieser Westernshow gerettet habt?“, erkundigte sich Cemal. „Sind die auch irgendwie … auffällig?“

„Sie waren allesamt in einem schrecklichen Zustand“, sagte Kathi. „Aber dass sie ausflippen und um sich treten, davon hab ich nichts gehört. Ein Pferd, das misshandelt wurde, ist natürlich immer sehr scheu …“

„Das weiß Sue auch“, sagte Ayla. „Sie kennt sich schließlich mit Pferden aus.“

„Schon klar.“ Kathi zuckte mit den Schultern. „Das ist wirklich eine vertrackte Geschichte.“

„Wenn Sue Lucky gekauft hat“, erkundigte sich Cemal jetzt, „warum haben wir dann in den Unterlagen keinen Kaufvertrag gefunden? Es gibt nichts, was auf HorseCare oder den früheren Besitzer hinweist.“

„Es gibt keinen richtigen Kaufvertrag“, sagte Kathi. „Die Pferde hatten in Mexiko keine Papiere, das ist ganz anders als in Deutschland. Um sie nach Deutschland zu bringen, brauchten wir nur eine Quittung von den früheren Besitzern, ein tierärztliches Attest und Impfnachweise. Diese Unterlagen haben wir an Sue weitergeleitet, aber wahrscheinlich habt ihr sie übersehen. Luckys Name steht ja auch nicht drauf.“

„Aber Sue hat doch für Lucky bezahlt“, beharrte Cemal. „Dann müsste es doch wenigstens zwischen ihr und euch einen Vertrag geben.“

„Offiziell hat Sue das Geld nicht für Lucky bezahlt,

sondern unserem Verein gespendet“, sagte Ulf. „Das ist für beide Seiten steuerlich günstiger. Und im Endeffekt kommt es auf das Gleiche heraus. Sue hat eine Spendenbescheinigung von uns bekommen.“

„Darauf haben wir natürlich nicht geachtet“, gab Ayla zu. Dann warf sie einen Blick auf die Uhr. Inzwischen war es kurz nach sieben. Wenn sie bis um neun Uhr zu Hause sein wollten, mussten sie sich beeilen.

„Wir müssen jetzt los. Vielen Dank, dass ihr uns geholfen habt.“

„Keine Ursache. Du meldest dich morgen bei mir, ja?“

Kathi reichte Ayla eine Visitenkarte mit ihrer Telefonnummer.

„Auf jeden Fall“, versprach Ayla.

Sie waren schon an der Tür, als Kathi noch etwas einfiel. „Sag mal, Ulf, dieser Reiterhof aus Bielefeld, bei dem sie gestern eingebrochen haben, hatten die nicht auch ein Pferd aus Mexiko aufgenommen?“

Ulf runzelte die Stirn. „Keine Ahnung. Mit dieser Vermittlung hatte ich nichts zu tun.“

„Na hör mal, das kannst du doch nicht vergessen haben. Welters kleine Pferdefarm heißt der Hof. Herr Welter hat eine Appaloosa-Stute gekauft. Die war mindestens so schlimm dran wie euer Lucky.“

„Und auf diesem Hof wurde eingebrochen?“, fragte Ayla aufgeregt. „Was wurde denn gestohlen?“

„Keine Ahnung", meinte Kathi. „Ich hab gestern Früh mit Herrn Welter gesprochen, weil ich ihm noch ein Pferd vermitteln wollte. Da hat er den Einbruch nebenbei erwähnt. Er war genervt, weil die Diebe das Schloss am Eingang aufgebohrt haben. Wenn ein Pferd gestohlen worden wäre, hätte er es sicher erzählt."

„Auf Sunshine wurde ebenfalls eingebrochen", erzählte Ayla.

„Was? Das ist ja ein seltsamer Zufall."

„Würdet ihr uns die Telefonnummer von diesem anderen Pferdehalter geben?", fragte Ayla. „Ich würde ihn gern fragen, wie der Einbruch abgelaufen ist." Kathi zuckte mit den Schultern. „Klar. Ich glaube nicht, dass er ein Problem damit hat, wenn ihr euch bei ihm meldet."

„Wir sollten auch die anderen Leute kontaktieren, die Pferde aus Mexiko aufgenommen haben", schlug Cemal vor. „Vielleicht ist denen ja dasselbe passiert."

„Aber warum sollte jemand ausgerechnet auf diesen Höfen einbrechen?", meinte Ulf. „Die Pferde sind nun wirklich nicht besonders wertvoll."

„Ich bin mir sicher, dass die beiden Einbrüche ein Zufall waren", erklärte Kathi. „So was kommt leider immer öfter vor. Aber wenn du möchtest, kann ich dir die Telefonnummern geben."

Gleich nachdem Cemal und Ayla in die S-Bahn gestiegen waren, riefen sie alle fünf Pferdehalter an, die Tiere aus Mexiko hatten. Herr Welter aus Bielefeld gab ihnen bereitwillig Auskunft über den Einbruch auf seiner Ranch.

„In der Nacht zum Mittwoch hat jemand das Hoftor aufgebrochen“, erzählte er. „Aber dann sind die Diebe offensichtlich gestört worden. Es ist nämlich nichts weggekommen. Die Pferde sind alle noch da. Und die neuen Computer im Büro auch, Gott sei Dank.“

„Haben Sie den Einbrecher denn gesehen?“, erkundigte sich Ayla.

„Nein. Wir haben das Ganze erst am nächsten Morgen entdeckt. Die Schweine haben Carlo betäubt, das ist unser Wachhund. Sie haben ein Stück Fleisch mit Schlafmittel versetzt und ihm hingeworfen. Einen Teil davon haben wir am nächsten Tag noch gefunden. Glücklicherweise ist Carlo nichts passiert, er hat nur tief und fest geschlafen. Insgesamt ist also außer dem aufgebrochenen Schloss kein Schaden entstanden und das ersetzt uns hoffentlich die Versicherung.“

„Waren die Typen im Pferdestall? Wissen Sie das?“, fragte Ayla.

„Wir haben keinen richtigen Pferdestall. Unsere Tiere sind in Paddockboxen untergebracht, die sind natürlich nicht abgeschlossen.“

„Wie geht es denn der Stute aus Mexiko, die sie über

HorseCare gerettet haben? Ist sie genauso schreckhaft und nervös wie unser Hengst?“

„Das kann man wohl sagen. Ist ja auch nur zu verständlich. So, wie die Tiere zugerichtet waren. Wie kann man Pferden so etwas antun? Aber ansonsten macht Maia sich sehr gut. Im Moment lassen wir sie tagsüber noch im Paddock, um sie zu schonen. Aber irgendwann wird sie sich bestimmt wieder reiten lassen, das kriegen wir schon hin.“

Das kriegen wir schon hin. Es versetzte Ayla einen Stich, das zu hören. Die Stute hatte Glück gehabt, sie bekam noch eine zweite Chance. Lucky dagegen ...

„Wenn ihr glaubt, dass euer Fall was mit unserem Einbruch zu tun hat, dann täuscht ihr euch ganz bestimmt“, sagte Welter. „Es ist nicht das erste Mal, dass bei uns jemand einsteigen wollte. Wir haben eine Einrichtung für schwer erziehbare Jugendliche in der Nachbarschaft, ihr könnt euch gar nicht vorstellen, was die sich für einen Blödsinn einfallen lassen. Wahrscheinlich wollten sie sich mitten in der Nacht ein Pferd ausleihen, um damit durch die Gegend zu juckeln. Deshalb haben wir uns ja auch Carlo zugelegt, dem entgeht normalerweise nichts. Aber gegen vergiftetes Fleisch ist man natürlich machtlos.“

„Ist Maia eigentlich das erste Pferd, das sie über HorseCare bekommen haben?“

„Nein. Wir haben schon zwei HorseCare-Pferde auf

der Ranch. Einen Wallach aus Irland und eine Stute aus Spanien. Inzwischen sprechen beide aber fließend Deutsch." Herr Welter lachte ein bisschen albern. „Kleiner Scherz", sagte er entschuldigend. Dann wurde er wieder ernst. „Tut mir leid, wenn ich euch nicht weiterhelfen konnte. Ich wünsch euch noch viel Glück mit eurem Pferd." Ayla bedankte sich bei Herr Welter und legte auf.

Danach wählte sie die Nummern der anderen drei Höfe, aber hier reagierte man verständnislos auf ihre Frage nach einem Einbruch. In den letzten Tagen war auf keiner Ranch etwas Außergewöhnliches vorgefallen. Den Pferden aus Mexiko ging es den Umständen entsprechend gut. Sie waren nervös und ängstlich, aber auf dem Weg der Besserung. Keines der Tiere machte Probleme.

„Fehlanzeige", sagte Ayla, nachdem sie wieder aufgelegt hatte.

„Mist." Cemal verzog das Gesicht.

„Genau." Sie seufzte. „Wahrscheinlich haben wir uns einfach verrannt."

„Vielleicht", gab Cemal zu. „Aber immerhin wissen wir inzwischen, woher Lucky kommt."

„Und was nützt uns das?"

Er zuckte mit den Schultern. „Wenn Sue hört, was für ein furchtbares Schicksal Lucky hinter sich hat, überlegt sie sich bestimmt noch mal, was sie mit ihm machen will."

„Hm."

„Du solltest auf jeden Fall mit ihr reden. Und dann soll Kathi von HorseCare sie anrufen. Du wirst sehen, danach ändert Sue ihre Meinung. Vielleicht bekommt Lucky zumindest noch eine Gnadenfrist."

Ayla nickte nachdenklich. „Vielleicht hast du Recht."

Sie dachte einen Moment lang nach. „Vielleicht sollte ich jetzt gleich mit Sue telefonieren, dann kann Kathi morgen Vormittag mit ihr sprechen, wenn ich in der Schule bin."

„Gute Idee. Mach das!"

Ayla zog ihr Handy aus der Tasche. Sue meldete sich gleich nach dem zweiten Klingeln.

„Sunshine Ranch, hallo!"

„Hier ist Ayla. Ist alles okay auf der Ranch?"

„Natürlich. Alles bestens. Saphir ist allerdings ein bisschen traurig, weil du dich nicht mehr um ihn kümmerst. Fabian hat ihn heute geritten."

„Tut mir leid. Ich konnte heute nicht kommen, weil ich in Wuppertal war."

„Mit deinem Cousin? Der nimmt dich ja ganz schön in Beschlag."

„Cemal hat mich begleitet", sagte Ayla. „Aber wir waren nicht zum Vergnügen in Wuppertal. Wir haben was rausgefunden."

„Ayla, sei mir nicht böse, aber ich hab nicht viel Zeit. Ich bin allein auf der Ranch, weil Stefan nach Braunschweig gefahren ist. Ich muss mich um die Tiere kümmern. Also, was ist los?“

„Wir waren bei Burmeister.“

„Dem Pferdehändler? Was wolltet ihr denn bei ihm?“

„Du warst vor ein paar Wochen ebenfalls dort. Hast du das vergessen?“

Schweigen am anderen Ende der Leitung. Offensichtlich dachte Sue angestrengt nach.

„Burmeister kenn ich natürlich. Eine gute Adresse, wenn man ein Pferd kaufen will. Ich war schon ein paarmal da, allerdings hatte ich immer Pech. Irgendwie hab ich nie das Richtige gefunden … Und du sagst, dass ich in letzter Zeit bei Burmeister war? Daran erinnere ich mich nicht mehr. Hab ich Lucky etwa dort gekauft?“

„Nein, Lucky kommt aus Mexiko. Du hast ihn über eine Tierschutzorganisation erworben, die Pferde in Not rettet und nach Deutschland bringt.“

„Hä? Was hat denn diese Organisation mit Burmeister zu tun?“

„Nichts. HorseCare sitzt nur zufällig auch in Wuppertal. Die haben dich angesprochen, als du bei Burmeister aus dem Büro gekommen bist.“ Ayla erzählte Sue von der Western-Show in Veracruz und dass HorseCare fünf Pferde gerettet und an deutsche Pferdehöfe vermittelt hatte. „Eins davon war Lucky“, schloss sie ihren Bericht. „Nur dass er damals nicht so hieß. Kathi, die Mitarbeiterin von HorseCare, sagt, dass er in Mexiko wahrscheinlich gar keinen Namen hatte. Du hast ihn Lucky getauft, weil er es geschafft hatte, dieser Hölle zu entkommen.“

Und nun willst du ihn umbringen lassen. Dieser Vorwurf stand unausgesprochen im Raum.

„Das ist ja …“ Sue schluckte.

„Du müsstest auch eine Spendenbescheinigung von HorseCare in deinen Unterlagen haben“, sagte Ayla. „So habt ihr die Bezahlung nämlich geregelt.“

„Da muss ich gleich mal nachsehen. Seit ich aus dem Krankenhaus zurück bin, hab ich keinen Fuß ins Büro gesetzt.“

„Immerhin wissen wir jetzt, woher Lucky stammt. Kathi von HorseCare will dich übrigens morgen anrufen, um mit dir über ihn zu reden.“

„Aber was soll ich ihr denn sagen? Ich kann mich an nichts mehr erinnern.“

„Es geht ihr ja auch nicht um Luckys Vergangenheit. Sondern um seine Zukunft.“

Wieder herrschte Schweigen am anderen Ende.

„Danke, dass du mich informiert hast“, sagte Sue dann leise. „Dass du dich überhaupt um die Sache gekümmert hast. Ich finde das wirklich toll von dir, Ayla.“ Ihre Stimme klang auf einmal sehr müde. „Ich muss jetzt erst mal Schluss machen. Wenn du morgen auf die Ranch kommst, können wir ja alles Weitere besprechen, okay?"

„Und?", fragte Cemal, als Ayla das Telefon zurück in ihre Tasche schob.

„Wir haben Zeit gewonnen." Ayla atmete erleichtert auf. „Morgen unterhalten wir uns darüber, wie es mit Lucky weitergeht."

„Super. Das klingt doch gut."

Ayla schloss die Augen. Die Gedanken schwirrten wild durch ihren Kopf. Die Sekretärin mit den Gummibärchen, HorseCare, Ulfs Rastalocken, Kathis freundliches Lächeln, die mexikanische Western-Show und Lucky – alles flog durcheinander.

„Ist dir schlecht?", fragte Cemal besorgt.

„Nee." Sie öffnete die Augen wieder. „Ich hab nur die ganze Zeit das blöde Gefühl, dass wir was Wichtiges übersehen haben."

„Ich auch. Aber ich komme einfach nicht drauf."

Ayla runzelte die Stirn. „Du meinst also auch, dass die Einbrecher doch wegen Lucky im Stall waren?"

„Ja. Aber es steckt noch mehr dahinter. Es hat etwas damit zu tun, was dieser Welter dir erzählt hat." Cemal schüttelte den Kopf. „Vielleicht ist es ja auch *aptallık*. Blödsinn."

Ayla seufzte. „Am liebsten würde ich gleich noch zur

Ranch fahren. Vielleicht fällt es mir ja wieder ein, wenn ich Lucky sehe."

Cemal sah auf die Uhr. „*Hayret!* Das kannst du vergessen. Es ist schon halb neun. Du hast deiner Mutter versprochen, dass wir um neun zu Hause sind. Wenn wir heute wieder zu spät kommen, wird sie richtig sauer. Und ich will wirklich nicht riskieren …" Er räusperte sich und verstummte.

Ayla starrte ihn an. „Was ist eigentlich los mit dir, Cemal?"

„Nichts", sagte er hastig, ohne ihrem Blick zu begegnen. „Ich bin bei deiner Familie schließlich nur zu Gast. Und weil ich ein gut erzogener Junge bin, möchte ich auch, dass meine Gastfamilie mit mir zufrieden ist." Die Bemerkung sollte sich vermutlich witzig anhören, was aber misslang. Genau wie sein Grinsen.

„Ach komm. Vergackeiern kann ich mich selbst", erwiderte Ayla verächtlich. „Hältst du mich für blöd? Das ist doch nun wirklich offensichtlich, dass du vor irgendetwas wegläufst."

„Dass ich … weglaufe?" Cemal tat erstaunt, lief aber gleichzeitig rot an. „Vor was sollte ich denn weglaufen?"

„Keine Ahnung. Sag du es mir."

„Du spinnst wohl", entgegnete Cemal unsicher. „Ich hab keine Ahnung, wovon du redest. Wirklich … *bilmiyorum, ne anlatiyorsun.*"

Ayla musterte ihn ein paar Sekunden lang durchdringend. Er wurde noch ein bisschen röter, schließlich wandte er den Blick ab und starrte aus dem Fenster.

„Da ist nichts“, murmelte er. „Wirklich nicht.“

„Ich glaub dir kein Wort“, sagte Ayla und spürte im gleichen Moment, wie sie wütend wurde. Lucky, Sue, die mexikanischen Pferdequäler und HorseCare – die ganze Geschichte begann ihr über den Kopf zu wachsen. Und als Höhepunkt des Tages log Cemal sie auch noch an.

„Ayla“, sagte Cemal gequält. „Wirklich, du musst mir vertrauen …“

„*Ich* muss dir vertrauen?“, rief sie so laut, dass eine Dame am anderen Ende des Abteils neugierig den Kopf reckte. „Und was ist mit dir? Du vertraust mir doch kein Stück! Statt endlich zu erzählen, was du angestellt hast, spielst du Verstecken. Das ist total feige.“

„Ich spiele nicht Verstecken.“ Cemal räusperte sich verlegen. „Okay, es gibt da etwas … aber ich kann dir nicht … du würdest es auch nicht verstehen …“

Jetzt oder nie, dachte Ayla. Zum ersten Mal zeigten sich Risse in der glatten Fassade ihres Cousins.

„Woher willst du denn wissen, was ich verstehe und was nicht?“, fragte sie in deutlich sanfterem Ton. „Versuch doch einfach mal, mir alles zu erklären.“

Cemal zögerte. Aber als er den Kopf hob und sie ansah, erkannte Ayla, dass er ihr nichts verraten würde.

Seine Miene war ruhig und freundlich – undurchdringlich.

„Da gibt es nichts zu erzählen“, sagte er.

Ayla schnaubte verächtlich. „Erwarte bloß nicht, dass ich dich noch mal in irgendwas einweihe“, knurrte sie. „Wär ich bloß allein nach Wuppertal gefahren.“

Das war ungerecht, das war ihr selbst klar. Immerhin war es Cemals Idee gewesen, den Pferdehändler aufzusuchen, und ohne ihn wäre sie auch nicht auf die Spur von HorseCare gekommen.

Aber bevor er sie darauf hinweisen konnte, schloss sie die Augen wieder. Cemal konnte sie mal gernhaben. Und der Rest der Welt auch.

Luckys Geheimnis

Ayla war hungrig. Ihr Zwischenstopp an der Pommesbude lag schon ein paar Stunden zurück. Aber wenn sie sich jetzt in die Küche schlich und ein Brot machte, würde ihre Mutter misstrauisch werden. Sie glaubte ja, dass Sue Cemal und Ayla zum Spaghettiessen eingeladen hatte.

Grrrrr. Ihr Magen knurrte wie ein wildes Tier. Hoffentlich ging es Cemal genauso. Während der restlichen Rückfahrt hatten sie nicht mehr miteinander geredet. Nach wie vor schweigend waren sie am Hauptbahnhof in die Straßenbahn gestiegen und nach Hause gefahren. Und nun saß Cemal in seinem Zimmer und skypte wahrscheinlich wieder mit seinen Freunden in der Türkei, denen er vertraute. Und beklagte sich über Ayla.

Die hat sich nicht verändert.

Warum verschwende ich eigentlich auch nur einen Gedanken an Cemal?, überlegte Ayla finster. Sollte er doch tun und lassen, was er wollte. Ab sofort würde Ayla ihn einfach ignorieren. „Du bist für mich erledigt“, murmelte sie.

Es interessierte sie auch überhaupt nicht mehr, was für ein krummes Ding er gedreht hatte. Sie musste sich auf Lucky konzentrieren. Morgen musste sie Sue davon überzeugen, dass der Hengst eine zweite Chance verdient hatte. Für Menschen gab es Therapeuten, etwas Ähnliches musste es doch auch für Pferde geben. Einen Pferdepsychologen, der Luckys Seelenchaos wieder in Ordnung brachte.

Sie schloss die Augen und sah Lucky vor sich, wie er tagein, tagaus geduldig in seiner Box stand und keine Ahnung hatte, in welcher Gefahr er schwebte. „Mach dir keine Sorgen“, flüsterte sie. „Alles wird gut.“

Sie dachte an Cemals Bemerkung im Zug, dass sie etwas Wichtiges übersehen hatten. Einen entscheidenden Hinweis, der neues Licht auf die ganze Angelegenheit werfen würde.

Ayla trat ans Fenster und starrte in die Dunkelheit. Ob sie eine ihrer Freundinnen anrufen sollte, um sie um Rat zu fragen? Juliana vielleicht. Aber es war schon nach zehn und Julianas Eltern machten immer einen Riesenaufstand, wenn sie so spät noch telefonierte.

Außerdem erzählt Juliana mir bestimmt, dass ich mir das alles nur einbilde, dachte Ayla.

Vielleicht hätte sie damit sogar Recht.

„Geh schlafen, Ayla“, sagte sie zu sich selbst. „Du kannst heute nichts mehr tun.“

Auf dem Flur hörte sie ein Geräusch, dann ging die Badezimmertür. Wahrscheinlich Cemal.

Hoffentlich hast du eine schlaflose Nacht, dachte Ayla wütend. Sie fragte sich plötzlich, ob ihr Onkel Metin seinen Sohn nur deshalb zu seinem Stiefbruder nach Deutschland geschickt hatte, um ihn vor der türkischen Polizei zu verstecken.

Selbst wenn es so war, auf Dauer würde Cemal das nichts nützen. Er konnte sich ja nicht ewig bei Aylas Familie verkriechen. Irgendwann musste er wieder zurück nach Istanbul und dann würde man ihn fassen. Und einsperren. Oder was auch immer.

Zu dumm! Jetzt dachte sie ja schon wieder über Cemal nach.

Sie lauschte in den Flur. Aber es war alles still. Ayla beschloss, sich schnell die Zähne zu putzen.

Und dann zu schlafen.

Morgen würde sich Luckys Schicksal entscheiden. Dafür brauchte sie ihre ganze Kraft.

Als sie aus dem Bad zurück in ihr Zimmer kam, saß Cemal auf ihrem Bett.

„Sag mal, spinnst du?“, fragte sie entgeistert. „Was willst du denn hier?“

„Noch mal mit dir reden“, sagte er.

„Ich hab aber keine Lust, mit dir zu sprechen“, gab sie unfreundlich zurück. „Ich bin todmüde.“

„Es muss sein“, sagte er ruhig. „Mir ist nämlich noch was eingefallen.“

Sie gähnte demonstrativ. „Und was?“, fragte sie dann gelangweilt.

„Diese anderen vier Pferde, die HorseCare aus Mexiko importiert hat. Weißt du, wie sie untergebracht sind?“

„Wie sie … was? Ich verstehe kein Wort?“

„Na, ob sie wie Lucky den ganzen Tag im Stall stehen. Oder auf der Weide …“

„Hm.“ Ayla versuchte, sich an die Telefonate mit den Besitzern zu erinnern. „Keine Ahnung. Was spielt denn das für eine Rolle?“

„Eine sehr entscheidende.“

„Hä? Und wieso?“

„Erklär ich dir gleich. Versuch dich erst mal zu erinnern. Haben die neuen Besitzer irgendwas über die Unterbringung gesagt?“

Ayla schloss die Augen und versuchte, ihr Gespräch mit Herrn Welter zu rekapitulieren. „Der Typ aus Bielefeld hat mir erzählt, dass sie dort keinen richtigen Stall haben. Die Tiere sind in Paddockboxen untergebracht.“

„*Ne demek?* Was ist das denn?“

„Jedes Pferd hat eine Art Unterstand, davor befindet sich ein Auslauf. So, wie es Becky, Fritz und Frieda auf der Sunshine Ranch haben.“

Cemal nickte langsam. „Genau wie ich es vermutet

habe. Und die anderen Pferdehalter? Auch dort stehen die Pferde nicht im Stall, hab ich Recht?"

„Keine Ahnung, danach hab ich nicht gefragt. Aber alle drei Ranchbesitzer haben mir erzählt, dass sich die neuen Pferde eigentlich ganz normal verhalten. Keines der Tiere ist so schreckhaft und benimmt sich so seltsam wie Lucky. Ich nehme mal an, dass sie tagsüber einfach auf die Weide gebracht werden."

„Nur das Pferd in Bielefeld und Lucky waren tagsüber nicht draußen", fasste Cemal zusammen. „Und ausgerechnet auf diesen beiden Höfen ist eingebrochen worden."

„Was willst du damit sagen? Ich verstehe nicht …"

„Auf den anderen Höfen konnte jeder zu den Pferden."

„Aber sie sind doch gar nicht gestohlen worden …"

„Es geht ja auch gar nicht um die Tiere."

„Sondern? *Hadi,* Cemal, nun komm doch endlich mal zum Punkt!"

„Ich bin mir nicht ganz sicher." Cemal runzelte die Stirn. „Aber ich glaube, dass die Pferde als *haberciler* eingesetzt worden sind."

„Haberciler?"

„*Kuriere.* Die haben irgendetwas aus Mexiko nach Deutschland transportiert."

„Hä? Aber das wäre am Zoll doch aufgefallen. Die Pferde wurden doch bestimmt untersucht."

„Du weißt doch, wie Lucky drauf ist. Den hat bestimmt kein Zollbeamter gründlich unter die Lupe genommen. Sonst hätte Lucky ihm in die Hand abgebissen. Und die anderen Pferde waren vermutlich ebenfalls leicht reizbar."

„Trotzdem. Wenn Lucky irgendetwas transportiert hätte, dann hätte es zumindest Doktor Knopfler bemerkt, als er ihn untersucht hat."

„Bist du dir da sicher? Ich kann mir vorstellen, dass er sich hauptsächlich auf Luckys Verletzungen konzentriert hat."

„Hm." Ayla trat wieder ans Fenster. Aber nun machte die Dunkelheit ihr plötzlich Angst. Sie hatte auf einmal das Gefühl, dass da draußen jemand stand und sie beobachtete. „Aber was sollten die Pferde transportiert haben?"

„Keine Ahnung. Irgendetwas Winziges. Sonst wäre es ja aufgefallen. Denk doch mal nach, es ist die einzig logische Erklärung für die ganzen Vorgänge. Bei den anderen Pferdehöfen konnten die Schmuggler unbemerkt auf die Weide und den Pferden die Ware wieder abnehmen. In Bielefeld und auf Sunshine mussten sie zuerst einbrechen. Auf der Ranch von diesem Welter mussten sie das Schloss aufbrechen und den Wachhund betäuben. Bei Sue war alles viel einfacher. Und in beiden Fällen hat keiner den Einbruch ernst genommen, weil hinterher nichts gefehlt hat."

„Was immer sie gesucht haben, sie haben es gefunden und mitgenommen“, murmelte Ayla. „Na super. Wir haben überhaupt keinen Beweis dafür, dass es um Schmuggel geht. Wir kommen zu spät.“ Sie schüttelte traurig den Kopf. „Herr Welter glaubt, dass schwer erziehbare Jugendliche hinter dem Einbruch stecken. Die Leute von HorseCare halten das Ganze für einen Zufall, und Sue will Lucky nur wieder loswerden … etwas anderes interessiert sie gar nicht.“

„Nicht so schnell“, sagte Cemal.

Ayla sah in fragend an.

„Bei den anderen Pferden ist wahrscheinlich nichts mehr zu finden, da hast du bestimmt Recht. Aber in Luckys Fall wär ich mir nicht so sicher. Als Heinrich letzte Nacht gebellt hat, sind die Typen gestört worden. Vielleicht haben sie da Angst bekommen und sind abgehauen, bevor sie die Schmuggelware gefunden haben.“

„Glaubst du echt? Stimmt, direkt nachdem Heinrich angeschlagen hat, sind sie aus dem Stall gekommen.“ Auf einmal riss Ayla die Augen auf. „Aber … das bedeutet, dass sie wahrscheinlich noch mal zurückkommen.“

Cemal nickte.

„Womöglich sogar heute Nacht“, flüsterte Ayla.

„Könnte gut sein“, sagte Cemal.

Ayla stieß einen leisen Schreckensschrei aus. „Wir müssen Sue warnen!“

„Ruf sie am besten gleich an!“

Ayla sah auf die Uhr. „Es ist schon halb elf.“

„Na und? *Muhakkak olmasi lazım*“, meinte Cemal dramatisch. *Es geht um Leben und Tod.*

Mit zitternden Händen fischte Ayla ihr Handy aus der Tasche.

„*Hello?*“

„Hier ist noch mal Ayla.“

„Ayla.“ Sue gähnte. „Was gibt's denn noch? Ich wollte gerade ins Bett.“

„Ich ... äh ... ruf nur an, um dir zu sagen ...“ Ayla suchte nach Worten. „Also, es ist möglich, dass heute Nacht noch was passiert.“ Du liebe Zeit, bescheuerter hätte sie es kaum ausdrücken können. Sie hörte sich ja an wie eine Wahrsagerin, die den Leuten die Zukunft aus der Hand las.

„Na, das klingt aber spannend! Was soll denn passieren?“

„Wir ... äh ... ich glaube, dass vielleicht jemand auf der Ranch einbrechen wird.“

„*Excuse me?* Wie kommst du denn darauf?“

„Das erklär ich dir später, Sue. Ist jetzt zu kompliziert am Telefon. Bitte, vertrau mir. Aber ich hab das Ganze ... aus sicherer Quelle.“ *Aus sicherer Quelle.* Ayla schwitzte. Was redete sie nur für einen Blödsinn? Mit jedem Satz hörte sich ihre Geschichte verrückter und unglaubwürdiger an. „Stefan soll auf

Sunshine übernachten und ihr müsst alles gut abschließen …"

„Stefan ist gar nicht da. Er trifft sich in Braunschweig mit einem ehemaligen Studienkollegen und übernachtet dort."

„Was? Heißt das, du bist allein? So ein Mist! Du musst wirklich vorsichtig sein. Diese Typen schrecken vor nichts zurück. Am besten, du nimmst die Hunde ins Haus. Und wenn sie bellen, rufst du sofort die Polizei."

„Heinrich ist bei Hannes. Und Washington bellt nachts nicht, da muss er doch schlafen. Vielleicht erzählst du mir jetzt endlich mal, was los ist!"

„Dazu ist leider keine Zeit. Ich bin mir ganz sicher, dass die Typen von letzter Nacht noch einmal versuchen werden, in die Ranch einzubrechen. Und zwar bald."

„Welche Typen?", fragte Sue verständnislos. „Ayla, wovon redest du? Ich verstehe kein Wort!"

Oh nein. Stefan hatte Sue ganz offensichtlich nichts von dem Einbruch erzählt, um sie nicht zu beunruhigen. Oder weil er Ayla und Cemal selbst nicht geglaubt hatte.

„Ist schon gut", murmelte Ayla. „Versprich mir einfach, dass du vorsichtig bist, bitte."

„Ayla, wenn du mir nicht sofort erklärst, was das alles soll, werde ich richtig sauer …"

Ayla legte auf. Es hatte keinen Sinn weiterzureden.

Selbst wenn sie Sue von ihrem Verdacht erzählt hätte, hätte ihr die Ranchbesitzerin nicht geglaubt. Sie hatten ja keinerlei Beweise für ihren Verdacht – nichts außer vagen Vermutungen.

„Und? Was sagt sie?“, fragte Cemal aufgeregt, nachdem Ayla das Gespräch beendet hatte.

„Stefan ist nicht da. Die ganze Nacht nicht.“

Cemal riss die Augen auf. „So ein Mist! Ausgerechnet heute. Wenn die Typen die Ranch beobachten, dann werden sie sich diese Chance nicht entgehen lassen.“

„Was sollen wir nur machen? Sue hat mir natürlich kein Wort geglaubt.“

„Du warst auch nicht gerade sehr überzeugend.“ Cemal zog eine Grimasse. „Was ist mit den Hunden? Sind die wenigstens bei ihr?“

„Heinrich ist bei Hannes. Und Washington schläft nachts so tief, der würde es nicht einmal merken, wenn man ihm sein eigenes Halsband klaut.“

Cemal erhob sich. „Na gut. Wenn das so ist …“

„Was hast du vor?“, fragte Ayla entgeistert. „Willst du jetzt etwa schlafen gehen?“

„Was denkst du von mir? Ich fahre zur Ranch. Irgendjemand muss doch dort nach dem Rechten sehen.“

Ayla sprang ebenfalls auf.

„Und du? Wo willst du hin?“, fragte Cemal.

„Ich komme natürlich mit!“

Als sie ihre Fahrräder in der Nähe der Ranch versteckten, hörte Ayla ein Käuzchen rufen. Das ist ja wie in einem Horrorfilm, dachte sie.

Sie spürte, wie ihr ein Schauer über den Rücken lief. Vielleicht war es ja gar kein echtes Käuzchen. Vielleicht war es einer der Schmuggler, der den anderen ein Zeichen gab. *Achtung, da kommt jemand.*

„Keine Angst." Cemal nahm ihre Hand. Woher wusste er, dass sie sich fürchtete?

Vielleicht ging es ihm ja genauso.

Einen Moment lang spürte sie die Wärme seiner Haut, dann zog sie ihre Hand zurück. Das könnte dir so passen, dachte sie. Dass wir zusammen hier sind, bedeutet noch lange nicht, dass deine Heimlichtuerei vergessen und vergeben ist.

Aber jetzt war nicht die richtige Zeit, über Cemal nachzudenken. Sie musste sich auf die nächsten Schritte konzentrieren.

„Wir gehen zuerst in den Stall", flüsterte sie Cemal zu, nachdem dieser den Schlüssel zur Ranch wieder aus dem Loch im Baumstamm gefischt hatte. So langsam wurde es zur lieben alten Gewohnheit, dass sie nachts in die Ranch einstiegen. „Ich will mir Lucky mal ansehen."

Er nickte. Vorsichtig steckte er den Schlüssel ins Schloss und drehte ihn langsam um. Er öffnete die Tür und schlüpfte in den Hof. Als Ayla ihm gefolgt war, schloss er die Tür wieder ab. „Wir wollen es diesen Typen schließlich nicht zu einfach machen“, flüsterte er.

Ayla schauderte wieder. Cemal schien ebenfalls davon auszugehen, dass die Schmuggler ganz in ihrer Nähe waren.

„Sei bloß vorsichtig“, wisperte Cemal. „Du weißt doch, wie Lucky drauf ist. Wenn er nun ausrastet …“

„Nicht bei mir“, gab Ayla empört zurück.

Im Stall hüllte sie der vertraute, warme Pferdegeruch ein wie eine weiche Decke.

Ayla fühlte, wie Anspannung und Angst von ihr abfielen. Alles würde gut werden.

Saphir reckte ihr neugierig den Kopf entgegen, als sie durch die Stallgasse ging. „Hallo, alter Freund.“ Sie fuhr mit beiden Händen durch seine Mähne und legte ihren Kopf an seinen Hals. Als sie weiterging, blickte er ihr enttäuscht nach.

Jetzt stand sie vor Luckys Box. Das Paint Horse hob den Kopf und sah sie an. Lucky schien ganz ruhig zu sein, dennoch gab Ayla Cemal ein verstohlenes Zeichen, in einiger Entfernung stehen zu bleiben.

„Ich gehe jetzt zu ihm rein.“

„*Bekle* …“

Aber bevor ihr Cousin widersprechen konnte, hatte sie die Tür zur Box geöffnet. Lautlos schob sie sich in den Verschlag. Lucky wich einen Schritt zurück, aber er wirkte nicht ängstlich. Sie hatte eher den Eindruck, dass er ihr Platz machen wollte. Im schwachen Licht von Cemals Taschenlampe erschienen seine blauen Augen schwarz und undurchdringlich.

„Na du?“ Sie streckte ihm langsam die Hand entgegen. Er schnupperte an ihrer Handfläche.

„Guter Lucky.“ Ayla klopfte zuerst seinen Hals, dann trat sie neben ihn und streichelte seine Flanken. Behutsam begann sie, seinen Körper abzutasten.

„Soll ich dir leuchten?“, fragte Cemal auf Türkisch.

Ayla schüttelte stumm den Kopf. Das Licht hätte Lucky vielleicht verängstigt. Sie verließ sich lieber auf ihr Fingerspitzengefühl. Mit geschlossenen Augen ließ sie ihre Hände über seinen mageren Körper wandern.

Obwohl sie ihn nicht sah, spürte sie genau, wie entspannt und friedlich der Hengst war.

Er vertraute ihr. Eine Welle der Zuneigung stieg plötzlich in ihr hoch und überschwemmte sie, sodass ihr fast die Tränen kamen. Du und ich, dachte sie. Wir gehören zusammen. Sue durfte Lucky nichts tun. „Dafür werde ich sorgen“, murmelte sie.

Lucky schnaubte leise, als habe er sie verstanden. Ihre Hände glitten von seinem Schweifansatz über seinen Rücken zur Mähne.

Und wenn das, was sie suchten, gar nicht am Pferdekörper versteckt war, sondern in seinem Bauch? Ayla hatte einmal gelesen, dass manche Drogenschmuggler ihre Ware im eigenen Magen ins Ausland transportierten. Vor dem Abflug schluckten sie säurefeste Kapseln, die mit dem Rauschgift gefüllt waren. Im Zielland angekommen, mussten sie nur darauf warten, bis die Kapseln ihren Körper auf natürlichem Weg wieder verließen. Die Methode war ziemlich eklig, aber sehr sicher. Ob die mexikanischen Schmuggler bei Lucky und den anderen Pferden auf die gleiche Weise gearbeitet hatten?

Nein, das war Unsinn. Nach ihrer Ankunft in Deutschland kamen die Pferde wochenlang in Quarantäne, in dieser Zeit wäre die Schmuggelware zum Vorschein gekommen und entdeckt worden.

Die Schmuggelware musste an Luckys Körper versteckt sein. Was immer wir suchen, es muss sehr, sehr klein sein, dachte Ayla. Aber da war nichts. Abgesehen von den Wunden und Verletzungen war Luckys Haut ebenmäßig und glatt. Die Schwellungen waren in den beiden Wochen, die er nun schon auf der Sunshine Ranch verbracht hatte, erheblich zurückgegangen.

Sie konzentrierte sich besonders auf all die Körperstellen, die nicht sichtbar waren. Das Fell unter der Mähne, den Bauch, den Schweif, die Ohren.

Irgendwann gab sie auf und blickte Cemal an. „Da ist nichts."

„Bist du sicher?", flüsterte er zurück. „Hast du auch wirklich gründlich nachgesehen?"

„Hundertpro.“ Sie seufzte. „Ich hab ja gleich gedacht, dass es eine blöde Idee war.“ Sie klopfte den Hals des Pferdes. „Danke, Lucky. Jetzt lass ich dich in Ruhe.“ Dann wollte sie sich wieder aus der Box schieben, aber Cemal hielt sie zurück.

„Was ist mit seinen Füßen?“, fragte er.

„Mit seinen Füße? Was soll damit sein?“

„Hast du die Hufe untersucht?“

Sie schüttelte den Kopf. „Das ist doch Quatsch.“

Er zuckte mit den Schultern.

„Na gut. Damit du zufrieden bist.“ Sie bückte sich, fuhr mit der linken Hand von Luckys Schulter aus an seinem Bein entlang, bis sie den Fuß erreicht hatte. „Gib Huf, Lucky!“ Natürlich kannte er diesen Befehl nicht. Erst als Ayla sanft gegen die Sehne unter seinem Röhrbein drückte, hob er unwillig den Fuß, sodass sie den Huf untersuchen konnte.

Und da sah sie es.

Hufnägel

„Was ist das denn?“, wisperte Ayla aufgeregt. „Gib mir mal die Lampe.“

Cemal reichte ihr die Taschenlampe, den Strahl zu Boden gerichtet. Als sich ihre Hände berührten, merkte sie, dass seine Finger zitterten.

Lucky schnaubte. Wahrscheinlich spürte er ihre Nervosität.

„Ganz ruhig, mein Lieber“, flüsterte sie, obwohl sie selbst alles andere als ruhig war. „Ich mach jetzt ein bisschen Licht, damit ich sehen kann, was sie dir da angehängt haben.“

Die Edelsteine steckten zwischen den Hufnägeln. Man hatte sie zur Tarnung mit schwarzer Farbe bestrichen, die aber an vielen Stellen abgeblättert war. Die freigelegten Steine funkelten im Schein der Taschenlampe wie klares Wasser, in dem sich Sonnenstrahlen brachen.

„Elmaslar“, flüsterte Cemal, der unbemerkt näher getreten war. *Diamanten.*

Beim Klang der fremden Stimme drehte Lucky unwillig den Kopf zur Seite. Er schüttelte die Mähne und versuchte, Ayla seinen Fuß wieder zu entziehen.

Ayla warf Cemal einen genervten Blick zu, aber der hatte sich schon wieder zurückgezogen.

„Alles in Ordnung." Sie ließ den Huf los, richtete sich auf und tätschelte Luckys Hals. „Ich will nur noch rasch nachschauen, ob du noch mehr versteckt hältst. Dann hast du es überstanden, großes Ehrenwort."

In allen vier Hufeisen fanden sich Diamanten. Unter Luckys Füßen hatten sie die weite Reise von Mexiko nach Deutschland unbemerkt zurückgelegt.

„Danke, mein Süßer. Das war's auch schon." Ayla gab Lucky zur Belohnung ein Stück Brot. Dann schlüpfte sie zurück in die Stallgasse. „Ich habe mindestens zwanzig Diamanten gezählt", berichtete sie Cemal. „Lucky ist ein sehr wertvolles Pferd."

„Und die anderen Pferde waren vermutlich genauso bestückt", nickte Cemal. „Ein genialer Plan."

„Wahrscheinlich lassen sich die Steine mit einer Zange relativ leicht herausziehen", vermutete Ayla.

„Bei den anderen Tieren haben sich die Schmuggler längst bedient. War ja auch kein Problem. Sie mussten nur auf die Weide, einer hält das Pferd fest, ein anderer entfernt die Diamanten. Wahrscheinlich haben die Verbrecher auf diese Weise schon Berge von Steinen nach Europa gebracht."

„Nur bei Lucky waren sie bis jetzt nicht erfolgreich."

Ayla spürte, wie ihr Herz auf einmal wieder schneller schlug. „Wir müssen sofort die Polizei alarmieren. Wenn die Typen wirklich heute Nacht zuschlagen …“ Ihre Stimme brach vor Aufregung.

Cemal tastete seine Jacke ab. Dann klopfte er mit beiden Händen auf seine Jeanstaschen. „Mist. Mein Handy liegt zu Hause neben meinem Bett. Hast du dein Telefon dabei?“

„Mein Akku ist leer“, stellte Ayla fest, nachdem sie es aus der Tasche gezogen hatte. „Schnell, wir müssen ins Haus.“

Cemal öffnete den Mund, aber bevor er etwas entgegnen konnte, wurde die Stalltür aufgerissen.

„Who's there?“

Gegen das fahle Hoflicht zeichnete sich Sues Lockenkopf ab. Sie blieb in der Stalltür stehen und blinzelte in den dunklen Raum.

„I know you're there!“, sagte sie drohend.

„Keine Angst, Sue“, begann Ayla, aber ihre Worte gingen in dem fürchterlichen Lärm unter, der nun im Stall losbrach. Lucky wieherte, trampelte, bäumte sich auf und biss wild um sich. Das ganze Programm. Es war unglaublich, von einer Sekunde zur anderen verwandelte er sich von einem lammfrommen Pferd in eine wilde Bestie.

„Nichts wie raus hier, schnell!“ Aber auch dieser

Satz verhallte ungehört. Ayla griff nach Cemals Hand und rannte mit ihm in Richtung Ausgang. An der Tür wollte sie schon aufatmen, schrie aber stattdessen erschrocken auf. Im Hof stand Sue mit einem Gewehr in den Händen und zielte auf sie. Neben ihr hockte Washington. Jetzt erhob er sich und wedelte freundlich.

Cemal riss sofort seine Hände in die Höhe.

„Nicht schießen!“, japste Ayla. „Wir sind’s doch nur.“

„*O my god!*“ Sue ließ die Waffe sinken und schüttelte fassungslos den Kopf. „Was macht ihr um diese Zeit im Stall? Ayla, also wirklich! Was fällt dir eigentlich ein? Erst versetzt du mich mit deinem Anruf in Panik und dann so was.“

„Sorry“, sagte Ayla zerknirscht.

„Tut mir leid.“ Cemal ließ seine Hände wieder sinken. „Aber wir können alles erklären.“

„Da bin ich aber mal gespannt“, knurrte Sue.

„Seit wann hast du ein Gewehr?“, fragte Ayla.

„Es gehört Stefan. Er hat es mir geliehen.“

„Ist es geladen?“

„Was denkst du denn! Natürlich nicht. Ich hab doch keinen Waffenschein.“

„Ich dachte, als Amerikanerin hat man das Schießen im Blut.“

„*Nonsense.* Ich würde vermutlich nicht einmal einen Elefanten in drei Metern Entfernung treffen. Ich hab das Gewehr nur rausgeholt, weil du mich vorhin mit deinem Anruf so nervös gemacht hast. *Heute Nacht passiert noch was*. Und ihr müsst zugeben, dass so eine Knarre Eindruck macht, oder?"

„Allerdings", gab Cemal zu.

„Wenn ich Washington dazu bringen könnte, gefährlich zu knurren, anstatt mit dem Schwanz zu wedeln, wäre es noch wirkungsvoller." Dann verstummte sie plötzlich. Sie legte das Gewehr auf den Boden und massierte sich die Schläfen. „O Mann!"

„Was ist denn los?", fragte Ayla erschrocken.

„Keine Ahnung. Mir ist auf einmal total schwindlig."

„Sue! Wirst du ohnmächtig?"

„*Don't worry. I'm okay.*" Aber das klang alles andere als überzeugend. „Ich bin nur noch ein bisschen schwach auf den Beinen. Vielleicht sollten wir lieber reingehen."

„Soll ich dich stützen?"

Sue lachte schwach und schüttelte den Kopf. Aber als Ayla sich bei ihr unterhakte, wehrte sie nicht ab.

„Es ist zum Verrücktwerden", sagte sie auf dem Weg ins Haus. „Ich bin total durch den Wind, seit ich aus dem Krankenhaus zurück bin."

„Dass Stefan ausgerechnet heute verreisen musste", schimpfte Ayla.

„Er wollte ja gar nicht. Aber der Termin steht seit

Monaten. Ich hab ihn dazu überredet hinzufahren. Konnte ja keiner ahnen, dass ihr mitten in der Nacht hier einbrecht ..."

„Vielleicht sollten wir hier nicht so rumstehen", fiel ihr Cemal ins Wort. „Diese Typen ... wenn sie nun hier aufkreuzen ..."

„Cemal hat Recht!", rief Ayla. „Wir müssen die Polizei alarmieren."

„Ihr ruft die Polizei", sagte Cemal. „Ich bleibe hier draußen und pass auf."

„Ist das nicht zu gefährlich?", fragte Sue. Ihr Gesicht war kalkweiß und sie schwankte ein bisschen.

„Ich bring dich jetzt erst mal ins Haus", beschloss Ayla.

„Was für eine Nacht", stöhnte Sue, als sie am Küchentisch Platz genommen hatte. Sie stützte ihre Ellenbogen auf den Tisch und vergrub ihr Gesicht in den Händen.

„Du musst die Polizei anrufen", sagte Ayla. „Bitte, Sue."

„Erst wenn du mir erzählt hast, was hier los ist."

Ayla berichtete von Cemals Verdacht, dass die Pferde von mexikanischen Schmugglern als Kuriere eingesetzt worden waren, und von den Diamanten, mit denen Luckys Hufe beschlagen waren.

„Nein", sagte Sue. „Das ist doch nicht dein Ernst!"

„Na hör mal! Meinst du, ich mach über so was Witze?

In den Hufeisen stecken mindestens zwanzig Edelsteine. Und ich wette, dass sie hochkarätig sind."

„*Crazy*. Und ihr meint, dass die anderen Pferde auch mit Diamanten beschlagen waren?"

„Liegt doch nahe, oder? Aber Lucky ist der Einzige, dem die Schmuggler die Steine nicht wieder abgenommen haben."

„Du hast Recht", sagte Sue. „Wir müssen sofort die Polizei alarmieren."

Sie erhob sich schwankend, um nach dem Telefon zu greifen, aber im selben Moment zerriss ein Schrei die nächtliche Stille.

Er gellte kurz auf und verstummte sofort wieder. Sogar Washington, der unter den Tisch gekrochen und eingeschlafen war, hatte ihn gehört. Er rappelte sich hoch und begann aufgeregt zu bellen.

„Aus, Washington!", fuhr Sue ihn an. *„Shut up!"*

„Cemal!", rief Ayla. Sie rannte zum Fenster und starrte hinaus. Der Hof lag leer und verlassen da. Ihr Cousin war nirgends zu sehen.

Und die Stalltür stand offen.

„Ruf die Polizei!", forderte Ayla Sue auf, ohne den Blick vom Hof zu wenden. „Schnell!" Das Nachtlicht neben dem Eingang warf einen hellen Halbkreis auf den Hof, aber alles, was dahinter lag, war nicht zu erkennen. Stand da drüben neben dem Eingang zur

Scheune ein Kerl? Oder war es ein Besen, den jemand an die Wand gelehnt hatte? Und hatte sich dort hinten am Hühnerstall nicht etwas bewegt?

„Die Leitung ist tot“, sagte Sue.

„Was?“ Jetzt fuhr Ayla herum. Sue tippte ein paar Zahlen ins Telefon, legte es ans Ohr und schüttelte den Kopf.

„Ich kriege keine Verbindung. Das Telefon ist irgendwie ... gestört. Mein Handy liegt in der Diele. Ich hol es mal eben ...“ Sie legte das Telefon weg und verschwand im Flur.

Hinter ihr klappte die Tür zu.

„Warte mal, Sue!“, rief Ayla.

Keine Antwort.

„Sue?“

In der Diele war alles still.

Zu still.

Washington steckte seine Rute zwischen die Beine und winselte kläglich.

„Sue?“, rief Ayla. „Alles klar bei dir?“

Außer dem Winseln des Hundes war nichts zu hören.

„Komm her, Washington.“ Ayla trat neben den Neufundländer und packte ihn am Halsband. Er wurde sofort ruhiger, und obwohl sie genau wusste, dass der große Hund vollkommen harmlos war, fühlte auch sie sich plötzlich wieder mutig mit ihm an der Seite.

Ohne Washingtons Halsband loszulassen, ging sie auf die Küchentür zu. Sie hatte schon die Hand nach der Klinke ausgestreckt, als ein lautes Krachen sie zurückfahren ließ.

Wenn Ayla nicht blitzschnell zurückgesprungen wäre, hätte sie die Tür mitten ins Gesicht bekommen.

Sie wich noch weiter zurück, als aus dem Dunkel der Diele zwei Männer in die Küche traten. Einer von ihnen stieß Sue vor sich her, so grob, dass sie fast auf den Boden gefallen wäre.

Washington bellte aufgeregt los und wollte zu seiner Herrin.

„Halt den Köter fest, sonst ist er tot", sagte der Typ hinter Sue. Er war groß und kräftig, mit fettigen Haaren und Aknenarben auf Stirn und Wangen.

„Na, na. Wer wird denn gleich so unfreundlich sein", wies ihn der andere Kerl zurecht. Seine Stimme kam Ayla vertraut vor, trotzdem erkannte sie ihn erst, als er vor ihr stand. „Ulf", japste sie.

„Richtig. Sehr schön", lobte sie der junge Mann mit den Rastalocken, den sie vor wenigen Stunden im Büro von HorseCare kennengelernt hatten. „Im Gegensatz zu mir hast du gut aufgepasst. Ich kann mir einfach keine Namen merken. Hab ganz vergessen, wie du heißt."

„Ayla." Als ob das jetzt eine Rolle spielte.

Ulf, der ihnen am Nachmittag so überzeugend den besorgten Tierschützer vorgespielt hatte, hielt jetzt eine Pistole in den Händen und richtete sie auf Washington. Der Neufundländer knurrte leise. Das hatte Ayla noch nie bei ihm erlebt.

„Halt den Hund zurück, Ayla“, sagte Ulf warnend. „Wenn dir etwas an ihm liegt.“

„Down, Washington!“, befahl Sue mit erstaunlich ruhiger Stimme.

Washington, der sonst niemals hörte, schien den Ernst der Lage zu begreifen und ließ sich neben Ayla zu Boden plumpsen. Er legte den massigen Kopf auf die Vorderpfoten und jaulte leise, wobei er den Blick nicht von Sue ließ.

„Braver Hund“, sagte Ulf. Dann wandte er sich wieder Ayla zu. „Ayla heißt du also. Was für ein schöner Name. Und dein kleiner Freund, der heute mit dir in Wuppertal war? Lass mich raten. Der heißt bestimmt Ali. Oder Mustafa. Nein, jetzt hab ich's …“

„Cemal.“ Aylas Stimme klang dünn und fremd vor Angst. „Was ist mit ihm? Habt ihr ihn etwa …?“

„Der kommt schon wieder zu sich“, sagte der Kerl mit den Aknenarben barsch.

„Vielleicht hat er dann ein bisschen Kopfschmerzen“, ergänzte Ulf. „Aber das verfliegt wieder. Mach dir keine Sorgen. Keinem von euch passiert was. Wenn ihr vernünftig seid.“

„Genug gelabert“, sagte sein Komplize. „Wo ist der Gaul?“ Er versetzte Sue einen groben Stoß in den Rücken.

„Er ist im Stall“, sagte sie. „Wo sonst?“

Aylas Gedanken rasten. Sie mussten Zeit gewinnen. Vielleicht hatten die Fischers nebenan Cemals Schrei gehört und die Polizei alarmiert. Sonst riefen sie ja auch wegen jeder Kleinigkeit auf dem Revier an. Wenn sie Glück hatten, war längst ein Streifenwagen unterwegs. Wenn sie Glück hatten ... Und wenn nicht?

Zeit gewinnen! Das war ihre einzige Chance.

„Lucky steht in der letzten Box auf der linken Seite“, erklärte sie.

Ulf lachte. „Für wie blöd hältst du mich, Kleine?“, fragte er dann, wobei er Ayla so nahe kam, dass sie seinen Atem riechen konnte – Kaugummi und Zwiebeln, eine eklige Kombination. „Ich werd doch jetzt nicht in den Stall marschieren und diesen irren Gaul rausholen. Das macht ihr für uns.“

Zur Bekräftigung stieß sein Komplize Sue wieder die Faust in den Rücken.

„Let's go“, sagte Ulf.

Als Sue zur Tür ging, sprang Washington auf.

„Das könnte dir so passen.“ Einen Moment lang wirkte Ulf, als wollte er dem Neufundländer einen Tritt verpassen, aber dann wagte er es doch nicht. „Der Köter bleibt in der Küche.“

„*Down,* Washington", sagte Sue. „*Don't worry.* Es wird alles gut."

Ayla unterdrückte ein Seufzen. Da war sie sich nicht so sicher.

Sie hatten Cemal zu Boden geschlagen und gefesselt. Wie ein nasser Sack lag er hinter der offenen Stalltür am Boden, die Arme und Beine zusammengebunden, mit einem Knebel im Mund.

„Cemal. Oh mein Gott!" Ayla wollte zu ihm rennen, aber Ulf packte sie mit hartem Griff an der Schulter.

„Später. Wenn wir die Steine haben, kannst du ihn küssen. Aber jetzt holst du uns erst mal das Pferd."

Ayla suchte Sues Blick. Die Ranchbesitzerin nickte und schloss dann kurz die Augen. Hatte sie aufgegeben?

„Beeil dich. Je schneller du uns den Hengst bringst, desto schneller seid ihr uns auch wieder los", versprach Ulf.

Aber Ayla glaubte ihm kein Wort. Nie und nimmer lassen sie uns einfach frei, dachte sie, während sie sich langsam in Bewegung setzte. Auch wenn wir ihre richtigen Namen nicht kennen, wir haben ihre Gesichter gesehen und wir wissen, welche Rolle HorseCare bei der ganzen Schmuggelgeschichte gespielt hat. Wenn erst einmal sämtliche Verbindungen offenlagen, wäre es für die Polizei ein Leichtes, die gesamte Organisation auszuhebeln und die Hintermänner ausfindig zu machen.

Sie war schon fast im Stall, als sie sich noch einmal zu Ulf umdrehte. „Was ist mit Kathi?“, fragte sie. „Steckt sie auch in der Sache drin?“

„Kathi?“ Ulf lachte verächtlich. „Die gute Seele.“ Mehr sagte er nicht. Aber das genügte Ayla.

„Ihr habt HorseCare also nur benutzt“, stellte sie fest. „Bist du dir eigentlich im Klaren darüber, was ihr damit anrichtet? Wenn das rauskommt, dass ihr die Tierschützer für eure miesen Pläne missbraucht habt, dann können die einpacken. Niemand nimmt ihnen mehr ein Pferd ab und Spenden kriegen sie sicherlich auch keine mehr.“

„Muss ja keiner mitkriegen“, meinte Ulf achselzuckend. „Wenn ihr es niemandem verratet, kann HorseCare unbeschadet weitermachen.“

Das Pickelgesicht lachte hämisch, als ob Ulf einen Witz gemacht hätte.

Er lacht, weil er genau weiß, dass wir nichts mehr verraten können, dachte Ayla schaudernd. Weil sie uns umbringen wollen.

Cemal stöhnte leise. Vielleicht dachte er dasselbe. Oder er verfluchte sich selbst dafür, dass er nicht in der Türkei geblieben war.

„Genug geplaudert“, sagte Ulf. „Hol das Pferd. Deinen Lucky." Er grinste spöttisch. „Du bist doch so stolz darauf, dass er sich nur von dir anfassen lässt."

Die Pferde störte es nicht, dass Ayla nun schon zum zweiten Mal in dieser Nacht im Stall auftauchte. Der nervöse Dakota rollte kurz mit den Augen, dann ließ er sich gelangweilt ins Heu fallen. Tibor, Janko und Acapulco lagen in ihren Verschlägen und schliefen, sie zuckten nicht einmal mit den Ohren, als Ayla vorüberging. Nur Saphir begrüßte sie mit einem leisen Wiehern.

Auch Lucky schien sie erwartet zu haben. Jedenfalls ließ er sich ohne Umstände halftern und aus dem Verschlag führen. Ob die Schurken ihn verschonen würden, sobald sie die Diamanten hatten? Vermutlich. Immerhin konnte der Hengst sie ja nicht verraten.

Ganz im Gegensatz zu Sue, Cemal und mir, dachte Ayla.

Uns müssen sie zum Schweigen bringen.

Denk nach, beschwor sie sich. Es gibt aus jeder noch so verzweifelten Situation einen Ausweg, man musste ihn nur finden.

„Wird's bald?", hörte sie das Pickelgesicht auf dem Hof schreien. „Oder sollen wir hier Wurzeln schlagen?"

Lucky schnaubte leise.

„Dann mal los." Ayla seufzte.

Als sie mit dem Paint Horse auf die Stalltür zuging, hatte sie das Gefühl, dass sie Schritt für Schritt in ihr eigenes Verderben marschierte.

Run, Ayla, run!

Ayla band Lucky am Sattelplatz an. Er stand lammfromm und ruhig neben ihr, als ob es vollkommen normal wäre, dass man ihn mitten in der Nacht aus dem Stall holte.

„Hier.“ Mit der Linken streckte Ulf Ayla eine Zange entgegen. „Damit ziehst du die Steine raus. Stück für Stück. Und keine Mätzchen, kapiert?“

„Welche Steine?“, fragte Ayla, um Zeit zu gewinnen. „Wovon redest du eigentlich?“

„Stell dich nicht blöd. Dein Kumpel hat uns schon verraten, dass ihr die Diamanten entdeckt habt.“ Ulf wies verächtlich auf den gefesselten Cemal.

Als Ayla zu Ulf ging, um die Zange zu holen, wechselte sie einen Blick mit Sue. Sie sah, wie sich die Lippen der Ranchbesitzerin bewegten und ihr Blick von links nach rechts wanderte. Sue wollte ihr etwas mitteilen, aber was?

Ratlos nahm Ayla die Zange und ging zurück zu dem Hengst.

„Lass mich das machen“, sagte Sue jetzt zu Ulf. „Das

Pferd ist gefährlich, ich kann viel besser mit ihm umgehen als Ayla."

„Quatsch", meinte Ulf. „Der Hengst ist doch so brav wie ein Schoßhund. Ich weiß gar nicht, was ihr habt. Mit dem käme sogar ich zurecht." Er gestikulierte wieder mit der Pistole. „Auf geht's."

Ayla stellte sich seitlich neben Lucky. Zeit gewinnen, dachte sie fieberhaft, ich muss um jeden Preis Zeit gewinnen. Auch wenn sie inzwischen die Hoffnung aufgegeben hatte, dass das Rentnerehepaar im Nachbarhaus die Polizei alarmiert hatte. Die Streife hätte schließlich längst da sein müssen.

Aber solange sie die Diamanten nicht hatten, würden die beiden Verbrecher ihnen auch nichts tun. Vielleicht kam ihnen ja noch irgendein Zufall zu Hilfe.

Wie vorhin im Stall strich sie an Luckys linkem Vorderbein entlang. Aber dann hielt sie inne. Anstatt ihn langsam auf die Berührung vorzubereiten, riss sie unvermittelt an seiner Fessel. „Gib Huf", sagte sie.

Mit diesem Befehl konnte Lucky immer noch nichts anfangen. Und es gefiel ihm auch nicht, dass Ayla einfach so an seinem Fuß zerrte. Er schnaubte verächtlich und verlagerte sein Gewicht auf das Vorderbein. Ayla zog noch einmal an der Fessel, aber gegen sechshundert Kilo Pferdegewicht kam sie nicht an.

„Keine Chance." Sie sah Ulf ratlos an. „Er will den Fuß nicht heben."

„Bitte was?“, fragte Ulf. „Wieso denn nicht?“

„Keine Ahnung. Er ist komisch, hab ich doch schon gesagt.“ Offensichtlich hatte Ulf keine Ahnung von Pferden, sonst hätte er gewusst, dass ein leichter Druck gegen die Sehne am Röhrbein fast jedes Pferd dazu brachte, seinen Fuß anzuheben.

„Das kann doch nicht so schwer sein!“

Ayla riss ein letztes Mal an Luckys Bein und keuchte dabei angestrengt. „Versuch’s doch selbst. Ich schaff es jedenfalls nicht.“

„Kann ich ihr helfen?“, fragte Sue. „Bitte, ich kenn mich damit aus. Lasst mich doch einfach …“

„Dich hat keiner was gefragt!“, fuhr Pickelgesicht sie an. „Halt’s Maul.“

Ayla ließ die Zange fallen. „Alleine schaffe ich es aber nicht“, stöhnte sie, während sie sich aufrichtete und den Schweiß von der Stirn wischte. „Tut mir leid.“

„Dann soll sie es eben versuchen.“ Mit einer raschen Kopfbewegung deutete Ulf auf Sue. „Aber ich warne euch. Wenn das ein Trick ist …“ Er wedelte drohend mit der Pistole.

Sue hatte einen Plan, da war sich Ayla ganz sicher. Aber was hatte die Ranchbesitzerin vor? Inzwischen musste sie doch wirklich gemerkt haben, dass Lucky unweigerlich ausrastete, wenn sie sich ihm näherte.

Im Moment zeigte der Hengst allerdings keinerlei

Anzeichen von Nervosität. Er blieb ganz ruhig stehen, als Sue neben ihn trat und ließ sich von ihr den Hals tätscheln.

„Das machst du prima", lobte ihn Sue. „Bind ihn los", sagte sie dann leiser zu Ayla.

Wie bitte? Hatte sie das richtig verstanden?

„Warum das denn?", fragte sie.

„Was gibt's denn da zu tuscheln?", schrie Ulf. „Wenn ihr nicht sofort spurt, dann besorg ich mir die Steine selbst!"

Sue warf Ayla einen flüchtigen Blick zu. Sie wirkte jetzt nicht mehr erschöpft, sondern hellwach.

Ayla löste das Halfter von der Sattelstange.

„Ich werd verrückt!", tobte Ulf. „Warum machst du ihn denn jetzt los? Hast du sie nicht mehr alle oder was?"

„Ich halte ihn fest, damit Sue die Steine rausholen kann", erklärte Ayla. Das machte nun wirklich keinen Sinn, aber irgendeine Erklärung musste sie Ulf geben.

Sue richtete sich wieder auf. „Wie wäre es, wenn du mal den Mund hältst?", sagte sie zu Ulf. „Dein Geschrei macht das Pferd ganz verrückt, merkst du das nicht?"

Wie auf ein Stichwort begann Lucky zu tänzeln.

„Erschieß den Gaul doch einfach, worauf wartest du?" Pickelgesicht hatte die Schnauze endgültig voll. „Wenn er tot ist, holen wir uns die Diamanten."

„Nur zu“, sagte Sue kalt. „Aber euch ist ja wohl klar, dass hier sofort die Polizei auf der Matte steht, wenn ein Schuss fällt.“

Die Gangster wechselten einen Blick.

Sue hat Recht. Sie brauchen uns, dachte Ayla. Sie wollen kein Aufsehen, deshalb haben sie bisher nicht geschossen.

„Also gut“, knurrte Ulf. „Macht, was ihr wollt, aber beeilt euch!“

Sue bückte sich und griff nach Luckys Fuß. Diesmal stemmte er den Huf noch entschlossener in den Boden. „Lauf weg, wenn ich es dir sage“, flüsterte sie Ayla zu.

„Hast du verstanden?“

Ayla nickte.

Hoffentlich wusste Sue, was sie tat.

Sie selbst hatte nämlich keinen blassen Schimmer.

Lucky hatte genug. Er wollte seinen Fuß nicht heben, er wollte auch nicht mehr angebrüllt werden. Er wollte zurück in seine dunkle, stille, sichere Box, und das so schnell wie möglich.

„It’s alright, darling“, sagte Sue. *„Everything’s fine.“*

Da geriet der Hengst außer sich. Von einer Sekunde zur anderen verwandelte er sich in ein Feuer speiendes Ungeheuer.

„Run, Ayla!“, brüllte Sue. *„Run!“*

Ayla ließ das Halfter los und schoss nach rechts zum Scheunentor. Sue duckte sich und floh nach links.

„*Let it all out!*", rief sie dem Pferd zu. „*Show them how mad you are! Go, fight!*"

Ayla verstand kein Wort.

Ganz im Gegensatz zu Lucky, der genau das tat, was Sue von ihm erwartete. Er flippte aus.

Mit weit geblähten Nüstern und flatternder Mähne galoppierte er auf Ulf zu. Weil Pickelgesicht ihm dabei im Weg stand, rannte er ihn einfach über den Haufen. Dann bäumte er sich auf und ließ seine Hufe schrill wiehernd durch die Luft tanzen. Ulf schrie ebenfalls und verschränkte die Arme vor dem Gesicht. Er drehte sich um und wollte weglaufen, aber ihm letzten Moment traf ihn ein Huf am Hinterkopf. Lautlos ging er zu Boden.

Pickelgesicht versuchte derweil, auf allen vieren zu entkommen.

„Bleib liegen!", schrie Sue.

Angsterfüllt gehorchte er. Lucky setzte in einem gewaltigen Sprung über ihn hinweg, galoppierte eine Runde durch den Hof und blieb dann neben dem Tor stehen. Dort schüttelte er sich, schnaubte kurz und blickte sich dann um, als wunderte er sich über sich selbst.

Pickelgesicht hob den Kopf und wollte sich aufrappeln, aber ein lautes Poltern ließ ihn zusammenfahren. Die Haustür sprang auf, Washington stürmte mit wehenden Ohren und gebleckten Zähnen auf den Hof. Knurrend blieb er vor dem verängstigten Gangster stehen, der sich wimmernd zu Boden duckte.

„Washington hat die Tür aufgekriegt“, jubelte Ayla.

„Kluger Hund.“ Sue vergrub ihr Gesicht im wolligen Fell des Hundes. „Ich bin stolz auf dich.“

Washington leckte ihre Hand und wedelte erfreut. So etwas hatte er bisher noch nie gehört.

„Washington ist doch tatsächlich auf die Idee gekommen, die Türklinke nach unten zu drücken“, erklärte Sue stolz. „Aus lauter Sorge um mich.“

Inzwischen war es zwei Uhr morgens. Nachdem die Polizei die beiden Schmuggler verhaftet hatte, saßen Sue, Ayla und Cemal zu dritt in Sues Küche und tranken Tasse um Tasse von dem Tee, den Cemal gekocht hatte.

„Ein Glück, dass Washington erst so spät kam“, meinte Ayla. „Vielleicht hätte Ulf sonst doch noch geschossen, wenn er plötzlich wie ein Irrer auf ihn zugerannt wäre.“

„Wir haben alle unheimlich Glück gehabt“, bestätigte Sue. „Besonders du, Cemal. Bist du dir wirklich sicher, dass wir dich nicht ins Krankenhaus bringen sollen?“

„Auf keinen Fall“, wehrte Aylas Cousin ab. „Mir

geht's prima, echt. Ich könnte mich nur ohrfeigen, dass ich mich von diesen Typen hab überwältigen lassen. *Deli kafam*. Aber sie waren ganz plötzlich hinter mir. Einer hat mir den Mund zugehalten, der andere hat mich gefesselt."

Die Polizei hatte Ayla und Cemal nach Hause fahren wollen, aber Sue hatte sie gebeten, auf der Sunshine Ranch zu übernachten. „Ich will jetzt einfach nicht allein sein."

Allerdings hatte sie darauf bestanden, dass Ayla zu Hause anrief und ihren Eltern Bescheid gab. Zum Glück, denn die Maksuts hatten längst bemerkt, dass die beiden Jugendlichen unterwegs waren, und waren in heller Aufregung.

„Ich erklär euch alles morgen", hatte Ayla versprochen. „Und übrigens – die Polizei hat gesagt, dass ich nicht zur Schule muss. Ich hab eine Sondergenehmigung zum Ausschlafen."

„Was?" Ihre Mutter war verwirrt. „Welche Polizei? Sondergenehmigung? Wovon redest du?"

„Morgen. Jetzt muss ich erst mal schlafen."

Aber das hatten sie dann doch nicht getan. Stattdessen ließen sie die Ereignisse der letzten Wochen wieder und wieder Revue passieren. Nur Washington schlief zu Sues Füßen. Wahrscheinlich träumte er von einem Hundeorden aus Wurst, den man ihm für besondere Tapferkeit verleihen würde.

„Vielleicht lässt du dir das Ganze ja eine Warnung sein. Entweder du schaffst dir einen höheren Zaun an oder du kaufst einen richtigen Wachhund", meinte Ayla.

Washingtons Ohr zuckte im Schlaf.

„Einen besseren Hund als Washington gibt's nicht", sagte Sue verständnislos.

Ayla seufzte.

„Wann ist dir das mit Lucky klar geworden?", fragte Cemal.

„Dass er immer ausrastet, sobald ich Englisch spreche?" Sue lächelte. „Als diese beiden Typen mich im Flur überrascht haben. Ich hab mich zu Tode erschreckt. Und irgendwie ist dadurch meine Erinnerung zurückgekommen. Ich wusste plötzlich wieder, wie ich Lucky in Hamburg in Empfang genommen habe, als man ihn aus der Quarantäne entlassen hat. Und dass er von Anfang an seltsam auf mich reagiert hat. Ich meine, er war generell misstrauisch, aber bei keinem anderen ist er so ausgerastet wie bei mir."

„Und das lag daran, dass du Englisch mit ihm gesprochen hast?", fragte Ayla.

„Der Typ, der ihn so gequält und gefoltert hat, muss ebenfalls Amerikaner gewesen sein", nickte Sue. „Lucky hat die Sprache mit seinem Peiniger in Verbindung gebracht."

„Das kann nicht sein", widersprach Ayla. „Einmal ist er nämlich auch bei Knopfler durchgegangen."

„Ich weiß.“ Sue nickte. „Dr. Knopfler hat mit mir telefoniert, als das passiert ist. Und wir haben Englisch gesprochen.“

„Na, so was!“ Ayla war fassungslos.

„Aber wisst ihr, was das Schlimmste an der ganzen Geschichte ist?“, fragte Sue traurig.

„Was?“

„Dass Lucky vielleicht schon tot wäre, wenn es nach mir gegangen wäre. Nach dem Unfall war ich hundertprozentig überzeugt, dass er gefährlich ist.“

„Da warst du nicht die Einzige. Die anderen haben ihn nur noch *Mörderpferd* genannt“, meinte Ayla.

„Aber ich hätte es besser wissen müssen“, widersprach Sue. „Meine Eitelkeit war schuld. Wenn Lucky bei mir, der großen Pferdekennerin ausrastet, dann muss etwas mit ihm nicht stimmen, dachte ich. Anstatt mich zu fragen, warum er dir ganz offensichtlich vertraut und nur mir nicht.“

„Ach, Sue.“ Ayla schluckte. „Ist doch jetzt egal.“

Sue zuckte mit den Schultern und trank einen letzten Schluck aus ihrer Tasse. „Das wird mir auf jeden Fall eine Lehre sein.“ Sie nickte nachdenklich, dann erhob sie sich. „Zeit, ins Bett zu gehen“, verkündete sie. „Ayla, du kannst bei mir im Zimmer schlafen, wenn es dir recht ist. Und für Cemal mach ich das Bett im Gästezimmer fertig.“

„Wir helfen dir“, bot Ayla an.

Washington erhob sich ebenfalls. Widerwillig verließ er seinen gemütlichen Platz unterm Küchentisch, aber als Sue zur Tür ging, folgte er ihr auf dem Fuß. So schnell würde er sie nicht mehr allein lassen.

Cemals Geheimnis

Als Ayla aufwachte, hörte sie Stimmen auf dem Hof. Verschlafen blinzelte sie, sah auf den Wecker auf Sues Nachttisch und fuhr erschrocken hoch. Kurz vor zwölf! Sie hatte den halben Tag verschlafen.

Sues Seite des Bettes war leer, die Ranchbesitzerin war wahrscheinlich schon seit Stunden wach. Hastig zog sich Ayla an.

In der Küche saß Cemal, der gerade in ein Nutellabrot biss.

„*Günaydin*“, begrüßte er sie. „*Gut geschlafen?*“

„Vor allem lang.“ Ayla rieb sich die Augen. „Und selbst?“

„Danke. Willst du auch was essen?“

„Nee. Ich hab morgens nie Hunger.“

„Na dann.“ Er verdrückte den letzten Rest seines Brotes, strich die Krümel von seiner Hose und erhob sich. „Stefan ist gerade zurückgekommen. Ich wette, er ist ziemlich platt, wenn er hört, was hier alles passiert ist. Wir müssen jetzt los. Deine Eltern machen sich bestimmt schon Sorgen.

„Läufst du wieder weg?“, fragte Ayla.

„Weglaufen? Was meinst du damit?“

„Das weißt du doch, Cemal. Warum erzählst du mir nicht endlich, was mit dir los ist? Hast du was angestellt? Wirst du von der Polizei gesucht?“

Er lachte ungläubig. „*Sacma!* Was denkst du denn von mir?“

„Was weiß ich? Du erzählst mir ja nichts.“

Er starrte auf seine Hände. „Die Sache ist … *karmakarişık.*“

„*Kompliziert?* Das finde ich allerdings auch. Jetzt pack schon aus.“

„Nichts.“ Er seufzte unglücklich. „Es geht um ein Mädchen.“

„Um ein Mädchen?“ Auf einmal schlug ihr Herz schneller. Warum hatte sie das nicht schon früher geahnt? Und warum spürte sie einen Stich?

„Sie heißt Selin“, sagte Cemal. „Wir waren zwei Jahre lang zusammen.“

„Zwei Jahre“, meinte Ayla beeindruckt. „Wow.“

„Ja, das war wirklich etwas Besonderes. Aber irgendwann hatten wir uns nichts mehr zu sagen, wir haben uns nicht mal gestritten. Da hab ich mich von Selin getrennt. Aber sie wollte das nicht akzeptieren. Ist total durchgedreht.“

„Wie meinst du das?“

„Na, sie hat sich total verrückt aufgeführt. *Maniak*.“

„Aber warum? Sie muss doch auch gemerkt haben, dass die Sache zu Ende war."

„Offensichtlich hat sie das anders gesehen", meinte Cemal. „Im Gegensatz zu mir war Selin überzeugt, dass wir heiraten und zusammen alt werden würden. Sie hat sich alles ganz genau ausgemalt, sie wusste sogar schon, wie unsere Kinder heißen würden."

„Gruselig", fand Ayla

„Fand ich auch. Du kannst dir gar nicht vorstellen, was sie alles angestellt hat, um mich wieder zurückzubekommen."

„Was denn?"

„Sie hat mich mit Mails, SMS und Briefen bombardiert. Sie hat mir nachspioniert, sie hat mir aufgelauert und meine Freunde gegen mich aufgehetzt, es war unerträglich."

„Stalking", sagte Ayla.

„Genau." Cemal schauderte. „Das hat mich so genervt, ich musste einfach weg."

„Nach Deutschland."

„Richtig. Ich brauchte dringend Abstand. Und sie auch. Und jetzt kann ich unmöglich schon wieder zurück."

„Hm." Ayla griff zu der Saftflasche, die auf dem Frühstückstisch stand und schenkte sich ein Glas ein. Nicht weil sie Durst hatte, sondern um irgendetwas zu tun.

„Bist du dir denn sicher, dass du sie wirklich nicht mehr magst?“

Cemal riss die Augen auf. „Wie meinst du das? Nach allem, was sie getan hat? Nee, glaub mir, es ist aus, total aus. Das muss sie verstehen. Außerdem …“ Er unterbrach sich und wurde rot.

„Außerdem – was?“, fragte Ayla.

„Nichts.“ Wieder wich er ihrem Blick aus.

„Fängst du schon wieder damit an? Warum vertraust du mir denn nicht?“

„Ich vertraue dir. Ehrlich.“

„Warum erzählst du mir dann immer nur die Hälfte? Du hängst eben doch noch an Selin. Deshalb fällt es dir so schwer, über sie zu reden.“

„Nein“, sagte Cemal und nun sah er Ayla so eindringlich an, dass sie selbst beinahe weggesehen hätte. „Es ist aus und vorbei. Und seit ich dich kenne, habe ich keinen Zweifel mehr daran.“

Ayla verschluckte sich fast an ihrem Saft. „Seit du mich … Ach Quatsch! Das geht doch gar nicht. Wir sind schließlich verwandt.“

„Unsinn.“ Cemal stand auf und kam näher. „Unsere Väter sind Stiefbrüder, schon vergessen? Also kann uns nichts davon abhalten …“

Nun stand er auf einmal ganz dicht vor ihr. Und lächelte.

„Wovon kann uns niemand abhalten?“, fragte sie

nervös. „Kannst du nicht einmal einen Satz zu Ende …" Aber diesen Satz brachte sie selbst nicht zu Ende. Weil Cemal sie nämlich an sich zog und küsste.

Als sie eine halbe Stunde später Hand in Hand auf den Hof traten, waren alle ihre Freunde da. Dabei war es erst kurz nach zwölf, die Schule war noch gar nicht aus. Aber die Vorfälle auf der Ranch hatten sich wie ein Lauffeuer herumgesprochen.

„Als Fabian uns erzählt hat, was passiert ist, sind wir einfach los", erklärte Tori jetzt. „Gibt schließlich Wichtigeres als Mathe und Physik."

„Also, das ist ja der Hammer, was ihr da herausgefunden habt", sagte Hannah bewundernd zu Ayla und Cemal.

„Wieso hast du mir nie etwas von eurem Verdacht erzählt?", fragte Juliana leicht gekränkt.

„Ich hatte doch gar keine Zeit dafür. Wir haben gestern erst gemerkt, dass Lucky von HorseCare kam", entgegnete Ayla.

War es wirklich erst gestern gewesen, dass sie und Cemal nach Wuppertal gefahren waren? Ihr kam es so vor, als ob seitdem Tage vergangen waren.

„Ich hätte niemals wegfahren dürfen", sagte Stefan, einen Arm um Sues Schulter gelegt „Ich bin so ein Idiot, dass ich euch den ersten Einbruch nicht geglaubt habe. Wie konnte ich nur so leichtsinnig sein?"

„Ist ja alles gut gegangen“, sagte Sue und küsste ihn. „Mach dir keine Vorwürfe. Wir sind prima ohne dich zurechtgekommen.“

Sie zwinkerte Ayla zu.

„Und was passiert jetzt mit Lucky?“, fragte Sina. „Nach allem, was geschehen ist, wird er ja wohl begnadigt, oder?“

„*Of course!*“, rief Sue. „Natürlich bleibt er hier. Wir müssen allerdings genau überlegen, wie wir ihm helfen können. Es kann ja nicht sein, dass er weiterhin bei jedem englischen Wort ausrastet.“

„Wir müssen einen Pferdepsychologen finden, der mit Lucky arbeitet“, erklärte Stefan. „Nur durch eine Therapie kann er lernen, dass Englisch keine Bedrohung für ihn ist.“

„Ha! Lucky kommt auf die Couch“, spottete Tori. „Vielleicht legen wir Washington gleich dazu. Der hält sich seit Neuestem für einen Heldenhund. Komplette Fehleinschätzung, würde ich sagen.“

Washington wedelte erfreut, als er seinen Namen hörte.

„Und was ist mit den Hintermännern der Schmuggelorganisation?“, fragte Cemal. „Ulf und sein Komplize waren doch nur die Spitze des Eisbergs. Viel wichtiger sind die Leute, die den internationalen Schmuggel organisieren.“

„Ich habe heute Morgen schon mit der Polizei gesprochen“, erklärte Sue. „Sie haben bereits Ulfs Computer sichergestellt, auf dem sich viele interessante Informationen und Adressen befinden. Offensichtlich war er selbst einer der führenden Köpfe der Verbrecherorganisation.“

„Dabei wirkte er so nett“, meinte Ayla betroffen.

„Das ist ja gerade das Schlimme“, stimmte Sue ihr zu.

„Und diese Kathi?“, erkundigte sich Cemal. „Wusste sie, was in Wirklichkeit gespielt wurde?“

„Nein, sie wusste von nichts“, erklärte Sue. „Sie muss aus allen Wolken gefallen sein, als die Polizei heute Morgen im HorseCare-Büro aufgetaucht ist und alles auf den Kopf gestellt hat.“

„Arme Kathi“, sagte Ayla. „Hoffentlich ist das nicht das Ende von HorseCare.“

„Das hoffe ich auch“, sagte Sue. „Das hat sie wirklich nicht verdient.“ Dann gähnte sie. „Nehmt's mir nicht übel, *guys*. Aber ich bin hundemüde. Ich hab heute Nacht so gut wie gar nicht geschlafen. Ich hau mich jetzt aufs Ohr.“

„Das ist eine hervorragende Idee.“ Stefan nickte. „Und ich fahr Ayla und Cemal nach Hause. Deine Eltern haben schon zweimal hier angerufen, Ayla.“

„Nicht nötig“, winkte Ayla ab. „Wir haben doch die Räder hier.“

„Eigentlich hast du ja gleich deine erste Reitstunde“, erinnerte Fabian Cemal. „Schon vergessen?“

„Ach stimmt. Na, ich bin fit. Meinetwegen kann es losgehen."

„Das muss ich sehen", erklärte Ayla. „Ich ruf meine Eltern an und sag ihnen, dass es doch später wird."

„Bist du glücklich?", fragte Juliana, als Cemal und Fabian zur Sattelkammer rannten, um das Zaumzeug für die Pferde zu holen.

„Na klar", erwiderte Ayla. „Lucky ist gerettet. Du wirst sehen, dass verrückte *Mörderpferd* wird noch mal der Stolz der Sunshine Ranch."

Juliana lachte. „Wahrscheinlich hast du Recht. Aber das meinte ich gar nicht."

„Sondern?"

„Du und Cemal. Ihr versteht euch inzwischen ganz gut, oder?"

„Kann man so sagen."

Juliana grinste. „Und vor drei Wochen hast du geschworen, dass du dich nicht um ihn kümmern würdest. Soll er vor Langeweile eingehen, hast du gesagt."

„Hab ich das?", fragte Ayla. „Da kann ich mich gar nicht mehr dran erinnern."

Dann rannte sie den beiden Jungen hinterher. Schließlich blieb Cemal nur sechs Monate in Deutschland. Und die mussten sie nutzen.

Ravensburger Bücher

Sunshine Ranch – spannende Pferdekrimis

Luzie Bosch

Sina auf heißer Spur

Sunshine Ranch, Band 1

Sina verbringt jede freie Minute auf der Sunshine Ranch. Pferde, Ausritte, Freunde, was will man mehr? Doch das Paradies ist in Gefahr. Irgendjemand treibt mit anonymen Anzeigen und vergiftetem Futter ein böses Spiel ...

ISBN 978-3-473-**40401**-8

Luzie Bosch

Tori und die verschwundene Stute

Sunshine Ranch, Band 2

Wer hat die trächtige Stute Becky gestohlen? Tori und die anderen Pferdemädchen sind verzweifelt. Haben die Fußballjungs etwas damit zu tun, der zwielichtige Reitlehrer von nebenan oder gar der Pharmakonzern, der Versuchstiere sucht?

ISBN 978-3-473-**40402**-5

Luzie Bosch

Falsches Spiel mit Hannah

Sunshine Ranch, Band 3

Schlimm genug, dass ein neuer Reiterhof der Sunshine Ranch Konkurrenz macht. Hannahs beste Freundin Myriam wechselt auch noch dorthin und ist nicht wiederzuerkennen! Bei einem Turnier spitzt sich die Lage zu ...

ISBN 978-3-473-**40403**-2

www.ravensburger.de

Ravensburger

RTB_14_021

LESEPROBE

„Sina auf heißer Spur“
Band 1 der „Sunshine Ranch“
von Luzie Bosch
ISBN 978-3-473-40401-8

Janko schnaubte leise und warf den Kopf zurück. Dann scharrte er unruhig mit den Vorderfüßen auf dem Stallboden.

„Ist ja schon gut.“ Sina griff nach dem Striegel und fuhr mit schnellen, kurzen Strichen über den Hals des dunkelbraunen Quarterhorses. „Du hast Hunger, ich weiß.“

Normalerweise machte sie bei ihrem Nachmittagsausritt immer eine halbe Stunde Pause auf der Waldwiese und ließ Janko grasen. Aber heute war keine Zeit dafür gewesen. Heute hatte Sina noch etwas vor.

Sie ließ den Striegel zurück in den Korb fallen und klopfte Janko gegen die Flanken. „Genug für heute, Alter.“

„Und was ist mit den Hufen?“

Sina fuhr herum. In der Stallgasse stand Tori und grinste.

„Was hast du denn so Wichtiges vor, dass du dein Pferd nicht ordentlich putzt?“

Sina angelte wortlos den Hufkratzer aus dem Korb, zog Jankos rechten Vorderfuß auf ihren Schenkel und begann ihn zu säubern. Tori war ihre Freundin seit dem Kindergarten, aber in letzter Zeit ging sie Sina mit ihrer Besserwisserei ganz schön auf die Nerven.

„Zufrieden?", fragte sie, als sie alle vier Hufe ausgekratzt hatte.

Keine Antwort. Tori war verschwunden. Sina hörte sie draußen im Hof mit den anderen Pferdemädchen lachen.

Sie füllte Jankos Heuraufe auf, wuschelte ihm zum Abschied durch die Mähne, brachte den Korb mit dem Putzzeug zurück in die Sattelkammer und rannte aus dem Stall. Ein schneller Blick auf die Armbanduhr. Kurz vor fünf. Wenn sie sich beeilte, konnte sie sich noch duschen und umziehen, bevor sie zur Eisdiele auf dem Marktplatz radelte. Um David zu treffen.

Wie immer, wenn sie an ihn dachte, begann Sinas Herz zu galoppieren.

„Ganz ruhig, Sina", murmelte sie.

Vielleicht kam David ja gar nicht. Vielleicht hatte er ihre Verabredung vergessen. Oder er hatte etwas Besseres vor.

Als Sina ihr Fahrrad aus dem Ständer schob, hörte sie Sues Stimme.

„*You must be joking!*" Immer wenn die Ranchbesitzerin aufgeregt oder wütend war, fiel sie in ihre Muttersprache zurück. Und jetzt musste sie fuchsteufelswild sein, das merkte man daran, dass auch ihr Deutsch wie Amerikanisch klang. „Das kann doch nicht Ihr Ernst sein. Von wem haben Sie denn einen solchen Blödsinn?“

„Nun beruhigen Sie sich doch bitte“, entgegnete eine Männerstimme, die Sina nicht kannte. „Wir sind ganz bestimmt nicht hier, um Sie zu ärgern. Aber wir müssen jedem Hinweis nachgehen.“

„Tierquälerei!“, keuchte Sue. „Wie können Sie es wagen, mir so etwas vorzuwerfen! Ausgerechnet mir. *That's just ridiculous!*“

Tierquälerei? Das war tatsächlich absurd. Sue liebte Tiere über alles. Sie brachte es nicht einmal übers Herz, eine Kellerassel zu töten. Einmal hatte Sina sie dabei beobachtet, wie sie eine halb erfrorene Wespe so lange angehaucht hatte, bis sie wieder weiterfliegen konnte.

Die Stimme der Ranchbesitzerin kam aus dem offenen Bürofenster. Davor hatten sich die Reitermädchen versammelt und lauschten.

Die Reitermädchen, das waren Tori, Juliana, Hannah, Ayla, Myriam – und Sina natürlich. Vormittags gingen sie in die Klasse 7a des Friederike-Fliedner-Gymnasiums, nachmittags trafen sie sich auf der Sunshine Ranch. Jede von ihnen hatte ein Pflegepferd, für das sie ganz allein zuständig war, das sie ausritt, fütterte und versorgte.

„Ohne euch könnte ich die Ranch zumachen“, sagte

Sue immer. „Ich würde die Arbeit ja nie und nimmer alleine schaffen."

Das war natürlich übertrieben. Sue war nicht allein. Sie hatte Mike, einen ausgebildeten Reitlehrer und Pferdepfleger, der sich auch um alle anderen Tiere kümmerte. Denn auf der Sunshine Ranch gab es nicht nur zehn Pferde, sondern auch Gänse, Enten, Hängebauchschweine, Hühner, eine Ziege und einen Esel. Und Washington, den riesigen Neufundländer, der immer im Weg herumstand. Wie jetzt, als Sina über den Hof zu den anderen Mädchen rannte.

„Was ist denn los?", fragte sie und drückte sich an dem zotteligen Hund vorbei.

„Schschsch!", machten die anderen.

„Sue hat Ärger", erklärte Tori mit gesenkter Stimme. „Mit der Polizei."

„Mit der … was?"

„Schsch!", machte Tori noch einmal, obwohl Sina ganz leise gesprochen hatte.

„Ich bestehe darauf, zu erfahren, wer mich angezeigt hat!", donnerte Sue im Büro.

„Die Anzeige war anonym, das sagte ich doch bereits", erwiderte der Polizeibeamte geduldig. „Wir haben natürlich keinen Durchsuchungsbeschluss, aber wenn Sie uns freiwillig einen Einblick in die Räumlichkeiten gewähren, könnten wir die Angelegenheit vermutlich sehr schnell klären."

„*You're welcome!*", herrschte Sue ihn an. „*I've got nothing to hide.*"

„Sie hat nichts zu verbergen", übersetzte Tori, die keine Gelegenheit ausließ, mit ihren Englischkenntnissen zu protzen. Als ob die anderen den Satz nicht auch ohne sie verstanden hätten!

Die Pferdemädchen wichen zurück. Sue stürmte mit hochrotem Kopf aus dem Büro. Zwei atemlose Polizeibeamte folgten ihr.

„Kommen Sie, worauf warten Sie noch?", rief Sue den Männern über die Schulter zu und stolperte dabei fast über Washington. Es war wirklich erstaunlich, wie der Hund es schaffte, immer genau dort zu stehen, wo man ihn gerade nicht brauchen konnte.

Sue hastete über den Hof zum Stall, die Polizisten eilten hinterher und die sechs Freundinnen folgten neugierig.

„Sehen Sie? Alles in bester Ordnung." In der Stallgasse breitete Sue beide Arme aus wie eine Sängerin auf einer Showbühne. Allerdings waren alle Boxen leer. Nur Janko hatte seinen Kopf tief in die Futterkrippe gesenkt und malmte Heu.

„Wo sind denn die Tiere?" Der kleinere Beamte strich sich irritiert über den Schnurrbart.

„Auf der Weide, wo sonst?", gab Sue zurück. „Oder soll ich sie bei diesem Wetter etwa im Stall lassen?"

Der Polizist hob entschuldigend die Hände. Sue

stürmte aus dem Stall, die rotblonden Locken wehten hinter ihr her wie Flammen.

Die beiden Beamten wechselten einen Blick. Der Größere zuckte mit den Schultern. Bloß nicht reizen, sagte sein Gesichtsausdruck. Dann wollte er Sue folgen und stolperte über Washington.

„Verdammt! Kann mal jemand dieses Kalb an die Leine nehmen?“ Er starrte die Pferdemädchen so drohend an, als wollte er sie allesamt verhaften.

Ayla zog den Hund am Halsband aus dem Weg und streichelte ihm über den Kopf. „Sei schön brav, Washington. Sonst machst du alles nur noch schlimmer.“

Washington wedelte freundlich und ließ sich direkt vor dem Stallausgang fallen, sodass die Mädchen über seinen Rücken steigen mussten, um nach draußen zu kommen.

Die Prozession führte hinunter zur Weide, wo neun wohlgenährte, zufriedene Pferde und ein kleiner Esel grasten, in die Sattelkammer, die ausnahmsweise einmal aufgeräumt war, durch die Scheune in den Schuppen und schließlich in die Futterkammer.

Dort wurden die beiden Polizeibeamten fündig.

„Was ist das denn?“, fragte der Schnurrbart und zeigte angewidert auf die Schimmelschicht, die auf dem Sack mit dem Pferdemüsli wucherte wie Moos.

„Das Futter ist verdorben“, konstatierte sein Kollege und zückte sein Notizbuch.

„*That's impossible!*" Sue blickte zuerst auf das Futter, dann starrte sie die Pferdemädchen an. Die Pferdemädchen starrten genauso fassungslos zurück.

Sue hatte Recht. Das war unmöglich. Verschimmeltes Müsli, noch dazu ein ganzer Sack voll! Sue war kein übertrieben ordentlicher Mensch, aber die gesunde Ernährung der Tiere ging ihr über alles. Sie achtete immer darauf, dass die Futterkammer aufgeräumt und sauber war, jeden Abend wurde der Raum ausgefegt und altes Futter entsorgt. Und jetzt stand hier ein Sack mit verdorbenem Futter mitten in der Kammer.

„Das Müsli war gestern Abend noch nicht hier", erklärte Juliana. „Ich weiß das ganz genau, weil ich nämlich einen neuen Sack Leinsamen aus dem Regal geholt habe. Da wär mir das Zeug doch aufgefallen."

„Und was ist damit?" Der Schnurrbart zog einen Korb mit trockenem Brot aus dem Regal, das ebenfalls von einer grünblauen Schimmelhaube überzogen war. Angeekelt kippte er den Inhalt des Korbes zu dem Pferdemüsli. „Ich würde Ihnen empfehlen, die Futterkammer gründlich zu reinigen. Wir verzichten heute auf eine eingehende Überprüfung, aber wir werden uns Ihre Ranch in den nächsten Tagen noch einmal vornehmen. Sie haben eine Verantwortung gegenüber Ihren Tieren, das ist Ihnen hoffentlich bewusst."

Die Pferdemädchen schnappten alle gleichzeitig nach Luft. *Sie haben eine Verantwortung gegenüber Ihren*

Tieren. Als ob Sue das nicht wüsste! Für die Sunshine Ranch und das Wohlbefinden der Tiere hätte sie ihr letztes Hemd gegeben. Oder vielmehr: Sie *hatte* ihr letztes Hemd dafür gegeben.

Seitdem die Schauspielerin vor vier Jahren ihren alten Beruf an den Nagel gehängt und den Pferdehof gekauft hatte, hatte sie jeden Cent ihres Vermögens in den Aufbau der Ranch gesteckt. Bis auf das Wohnhaus waren alle Gebäude abgerissen worden. Sue hatte einen hellen, luftigen Stall und neue Wirtschaftsgebäude errichten lassen. Die kränkelnden, depressiven Pferde, die sie von ihrem Vorbesitzer übernommen hatte, waren heute nicht mehr wiederzuerkennen. Sie strotzten geradezu vor Gesundheit und Lebensfreude. Und auch die anderen Tiere, die sich auf Sues Sunshine Ranch sammelten, als wäre es Noahs Arche vor der Sintflut, hätten es nirgendwo besser treffen können.

„Ich verwarne Sie hiermit offiziell." Der größere Polizist kritzelte etwas in sein Notizbuch, dann ließ er es mit einem lauten Knall zuschnappen und verstaute es in seiner Jackentasche.

Sina wechselte einen nervösen Blick mit den anderen Mädchen. Sie wusste nur zu gut, was die beiden Beamten jetzt erwartete: einer von Sues schrecklichen Wutanfällen. Denn so liebevoll und langmütig Sue im Umgang mit ihren Tieren war, so ungeduldig war sie gegenüber Menschen, die ihr auf die Nerven gingen.

Hoffentlich wurde sie nicht so ausfällig, dass sie am Ende eine Anzeige wegen Beamtenbeleidigung kassierte.

Sina verschränkte die Arme vor der Brust und wartete darauf, dass Sue ausrastete. Aber nichts geschah.

„*I just don't get it*", murmelte die Ranchbesitzerin nur. „Ich verstehe es einfach nicht."

„Ich auch nicht!", rief Juliana. „Wirklich, ich kann beschwören, dass gestern alles noch in bester Ordnung war ..."

„Schon gut", unterbrach sie der kleinere Polizist. „Wir drücken noch mal ein Auge zu. Wenn bei der nächsten Kontrolle alles einwandfrei ist, dann bleibt unser heutiger Besuch ohne Konsequenzen."

„Falls wir allerdings beim nächsten Mal auf ähnliche hygienische Mängel stoßen sollten, werden wir uns gezwungen sehen, den Hof für eine Weile zu schließen", ergänzte sein Kollege.

„Vielleicht ist das gar nicht mehr nötig", erwiderte Sue. Ihre Stimme klang dabei so kraftlos und schwach, als sei sie in der letzten halben Stunde um zwanzig Jahre gealtert.

Eiszeit

„Was meint sie denn damit?“, flüsterte Tori fassungslos. Nachdem die beiden Polizisten beim Verlassen der Futterkammer noch einmal über Washington gestolpert waren, waren sie in ihren Dienstwagen gestiegen und weggefahren. Sue war wortlos in ihrem Büro verschwunden. Ohne einen Wutausbruch und ohne eine Strafpredigt darüber zu halten, wie wichtig peinliche Sauberkeit und Hygiene bei der Pferdeernährung waren. Ohne ein einziges Wort hatte sie die Freundinnen einfach stehen lassen.

„Es klingt, als ob sie selbst schon darüber nachgedacht hätte, die Ranch zu schließen“, wisperte Ayla.

„Aber das wäre ja …“, begann Sina und verstummte.

Den anderen schienen ebenfalls die Worte zu fehlen. Tori kaute auf einer Strähne ihrer langen weißblonden Haare herum. Das tat sie immer, wenn ihr nichts mehr einfiel.

Es ist einfach undenkbar, dachte Sina. Wenn Sue die Sunshine Ranch dichtmachen würde – das wäre, als ob wir alle miteinander unser Zuhause verlieren würden.

Wo sollten wir unsere Nachmittage verbringen, worüber würden wir reden? Seit vier Jahren trafen sie sich jeden Tag auf der Ranch. Nicht nur an Schultagen, sondern auch am Wochenende und in den Ferien. Die Pferdemädchen waren immer füreinander da. Wenn eine von ihnen krank war oder in Urlaub fuhr, übernahm eine andere ihre Pflichten auf der Ranch. Wobei sie ohnehin nur gezwungenermaßen verreisten, weil die Eltern darauf bestanden oder weil die Großeltern verlangten, dass sie sich endlich einmal wieder blicken ließen. „Warum sollten wir wegfahren?“, hatte Ayla es neulich auf den Punkt gebracht. „Besser als hier ist es nirgendwo.“

„Ist ja wohl klar, was jetzt ansteht“, bestimmte Tori. „Wir treffen uns morgen Nachmittag hier. Dann wird zuerst die Futterkammer ausgeräumt. Alles, was nicht tipptopp in Ordnung ist, wird entsorgt. Danach nehmen wir uns den Stall und die Scheuer vor. Wir dürfen nichts übersehen.“

Normalerweise hätte sich Sina über Toris Kommandoton geärgert, aber nun war sie einfach nur froh über die entschiedene Art ihrer Freundin.

„Glaubst du denn, das bringt was?“ Hannah blinzelte nervös unter dem langen, dunklen Pony hervor, der ihr Kindergesicht noch runder erscheinen ließ.

„Na klar. Wenn die Polizisten beim nächsten Mal nichts mehr finden, lassen sie Sue in Ruhe, das hast du doch gehört.“

„Aber vielleicht nützt das Aufräumen ja gar nichts“, wandte Ayla leise ein.

„Wie meinst du das?“ Tori zog fragend die Augenbrauen hoch.

Aber Sina hatte verstanden. „Du meinst, dass da irgendjemand seine Finger im Spiel hat?“

„Ganz genau. Der Sack mit dem schimmeligen Müsli wäre Juliana doch gestern aufgefallen. Wenn er schon in der Kammer gestanden hätte.“

„Aber da war nichts“, ergänzte Juliana.

„Versteht ihr? Das bedeutet, dass irgendjemand den Sack heute in die Kammer gebracht hat. Zusammen mit dem verdorbenen Brot.“

„Und wer immer das getan hat“, fuhr Tori nachdenklich fort. „Der hat Sue auch angezeigt.“

Von einer Sekunde auf die andere war Sinas Mund ganz trocken.

„Wer könnte so etwas tun?“, flüsterte Ayla.

„Und warum?“, wisperte Hannah.